ÉCOUTE-MOI, AMIRBAR

DU MÊME AUTEUR

LE DERNIER VISAGE, Grasset, 1991.

UN BEL MORIR, Grasset, 1991.

LA DERNIÈRE ESCALE DU TRAMP STEAMER, Grasset, « Les Cahiers Rouges », 1992.

ILONA VIENT AVEC LA PLUIE, Grasset, « Les Cahiers Rouges », 1992.

LA NEIGE DE L'AMIRAL, Grasset, « Les Cahiers Rouges », 1992.

LES ÉLÉMENTS DU DÉSASTRE, *Œuvre poétique*, traduit par François Maspero, Grasset (à paraître).

ALVARO MUTIS

ÉCOUTE-MOI, AMIRBAR

roman

traduit de l'espagnol par

FRANÇOIS MASPERO

BERNARD GRASSET
PARIS

L'édition originale de cet ouvrage a été publiée par Ediciones Siruelas, à Madrid, sous le titre :

AMIRBAR

A la mémoire de mon aïeul Jerónimo Jaramillo Uribe, qui a connu la vie des chercheurs d'or sur les rives du río Coello dans la province de Tolima.

« La vie n'est qu'une succession de défaites. Il y a de belles façades — il en est de pires. Mais derrière les belles, presque autant que derrière les pires, la défaite, toujours la défaite et encore la défaite — ce qui n'empêche pas de chanter victoire, car au fond l'homme n'est réellement vaincu que par la mort — mais encore, uniquement parce qu'elle lui ôte tout moyen de proclamer contre l'évidence qu'il ne l'est pas. Alors, il s'est fait même un allié de la mort et il compte beaucoup sur elle pour lui donner toute la gloire que lui a refusée la vie. »

PIERRE REVERDY,
Le Livre de mon bord

« ... car femmes dans les mines semblent chose du Démon et l'on tient pour prouvé que nul profit jamais ne fut tiré à les faire travailler en tels lieux. Au contraire, passions et désordres qui s'ensuivent sont de grand péril pour tous. »

SHAMUEL DE CORSE,
Véridique histoire des mines que les juifs travaillèrent sans profit dans les monts d'Axartel.
Imprimerie Capmany, 1776,
Soller, Majorque.

« Les jours les plus étranges de ma vie, c'est près d'Amirbar que je les ai vécus. Amirbar : j'y ai laissé des lambeaux de mon âme et une bonne part de l'énergie qui a embrasé ma jeunesse. J'en suis peut-être redescendu plus serein, mais je sais surtout que j'en garde une lassitude qui ne me quittera plus. Ce qui est venu ensuite n'a été que simple survie dans l'aventure laborieuse des jours ordinaires. Peu de chose. L'océan lui-même n'a pu me rendre à cette vocation de rêveur éveillé qu'Amirbar m'a fait perdre en échange du vide. »

Ces mots d'el Gaviero m'avaient laissé pensif. Il n'avait jamais été homme à faire des confidences de cet ordre, se bornant à narrer ses errances sans fioritures et se gardant bien d'en tirer des conclusions ou une morale quelconque : aussi l'évocation d'Amirbar et des jours qu'il y avait passés avait-elle excité fortement ma curiosité. Affaibli comme il l'était, épuisé par le long traitement auquel il avait dû se soumettre pour venir à bout de la malaria qui avait failli le tuer, el Gaviero avait laissé échapper des mots qui faisaient soudain entr'apercevoir le monde secret de défaites sur lequel il exerçait ordinairement une vigilance inflexible. Ces mots, il les avait prononcés dans le patio de la maison de mon frère Leopoldo, à Northridge, où nous prenions le soleil dans l'été transparent et sans fin de San Fernando Valley, en Californie. Ils signifiaient clairement qu'il désirait ouvrir les vannes de sa mémoire que, pour une raison inconnue, il avait prudemment gardées closes jusqu'à cette heure. Maintes fois, dans le cours de notre amitié, il avait pris plaisir à relater des épisodes de sa vie. Jamais il n'avait fait mention d'Amirbar, et je ne savais même pas à quoi il faisait allusion en prononçant ce nom.

Au cours des semaines qui suivirent, et tout en reprenant des forces afin de pouvoir gagner la côte péruvienne, il nous raconta donc ses expériences de chercheur d'or dans la Cordillère et le naufrage de ses projets mirifiques dans les galeries labyrinthiques d'Amirbar. Mais avant de les retranscrire ici pour mes lecteurs, il n'est pas inutile que je relate les circonstances dans lesquelles nous nous étions retrouvés. Elles sont si caractéristiques de la personnalité et du destin de Maqroll qu'il est impossible de les passer sous silence. Le détour qu'il me faut prendre ne sera pas long et, je le répète, je crois qu'il en vaut la peine, si l'on veut jouir pleinement de la suite.

⁂

Comment el Gaviero avait-il échoué dans cette chambre d'un motel sordide, perdu aux confins les plus gris et les plus anonymes de LaBrea Boulevard ? C'était la première question qui m'était venue à l'esprit en allant le rejoindre. Je me trouvais à Los Angeles pour un voyage de travail et je passais une grande partie de mes journées dans les studios de Burbank. Un soir que je retirais mon courrier à la réception de l'hôtel Château-Marmont où je descendais toujours quand je venais pour affaires, on m'avait remis ce simple message, écrit sur une feuille maculée de graisse et sans entête : « Je suis au 1644 LaBrea. Venez le plus vite possible. J'ai besoin de vous. Maqroll. » La signature était si hésitante que je ne l'avais pas déchiffrée sur-le-champ. J'étais monté dans ma chambre pour y déposer quelques papiers et repartir immédiatement à la recherche de mon ami. Il n'avait pas l'habitude d'envoyer des messages aussi pressants et son écriture tremblante indiquait un état de santé plus que précaire. A l'adresse indiquée, je trouvai une espèce de motel minable, dont l'étroite porte cochère s'ouvrait sur une allée de logements aux numéros peints d'une agressive couleur citron. Trois ou quatre voitures étaient garées devant les chambres dont les fenêtres étaient éclairées. El Gaviero avait oublié de m'indiquer le numéro de sa porte, ou peut-être avait-il préféré que je parle d'abord avec le gardien, enfermé dans une petite baraque à l'entrée. Je frappai au carreau et un homme velu, taillé comme une armoire à glace, vint m'ouvrir, vêtu d'une chemisette marron et d'un bermuda serré au-dessous d'un ventre proéminent de buveur de bière. Il parlait un anglais tout juste basique et marqué d'un fort accent arabe. Une cicatrice profonde lui barrait le visage, du milieu du front à la pointe du menton en passant par le nez. Je prononçai le nom de mon ami et, au lieu de m'indiquer le numéro de sa chambre, il me fit entrer dans le réduit malodorant qui lui tenait lieu de bureau. Il alla tout de suite au vif du sujet, sans même se présenter :

— Je vous attendais. Votre ami m'a dit que vous vous connaissez depuis des années. Moi aussi, cela fait longtemps que je le connais, et je lui dois beaucoup. Mais le propriétaire de ces lieux est un juif intraitable qui ne veut rien entendre. Notre homme doit déjà trois semaines de loyer et Michaelis vient ce soir pour encaisser la recette. Ce serait bien que vous me donniez l'argent. Je ne veux pas mettre el Gaviero à la rue dans l'état où il est. La note se monte à quatre-vingt-quinze dollars.

Il parlait avec plus d'inquiétude que d'animosité. De toute évidence il se trouvait coincé entre le marteau et l'enclume. Je lui comptai l'argent et son épouse entra au moment où il me tendait le reçu : c'était une femme également de grande taille, qui avait dû être belle en d'autres temps mais que son extrême minceur et son visage flétri faisaient ressembler à un fantôme. Elle avait comme lui un fort accent du Moyen-Orient. Elle me salua en esquissant un pâle sourire et exprima, dans un français un peu plus correct et plus compréhensible que l'anglais du gardien, combien elle était heureuse de ma venue. Mon ami avait besoin, de toute urgence, d'aide et de compagnie. Je les laissai pour gagner la chambre qu'ils m'avaient indiquée. En fait elle se trouvait tout contre leur loge, mais par une bizarrerie inexplicable elle portait le numéro 9.

La porte n'avait pas de clef. Je frappai et une voix éteinte répondit :

— Entrez, entrez, c'est ouvert.

Maqroll était là, gisant sur un lit aux

draps d'un rose défraîchi que la sueur maculait de larges taches sombres. L'homme tremblait violemment. Ses yeux agrandis et brillants avaient une expression d'agonie et de désespoir. Une barbe de plusieurs semaines, hirsute et broussailleuse, accentuait cette impression de tragique abandon. La décoration de la pièce, avec ses nus féminins décolorés et l'inévitable miroir faisant face au lit au-dessus d'une table de toilette agrémentée de volants poussiéreux également roses, donnait à la présence d'el Gaviero dans ce lieu une allure à la fois grotesque et pathétique. Il me fit signe de m'installer dans l'unique fauteuil, recouvert d'une cretonne à fleurs dont la crasse avait effacé la couleur. Je l'approchai de la tête du lit pour m'y asseoir en attendant que l'accès de fièvre qui l'empêchait de parler distinctement se calme un peu. Il prit un flacon de pilules sur la table de nuit et en glissa deux dans sa bouche. Il les avala, à grand-peine, avec de l'eau d'un broc qui se trouvait également sur la table. Ses mains tremblaient tellement que la moitié du liquide se répandit sur les draps. Je fis mine de l'aider mais il me repoussa avec une ombre de sourire sur les lèvres. Ses dents s'entrechoquaient dès qu'il essayait de parler. Nous attendîmes un moment en silence que le médicament fasse son effet. Un bon quart d'heure s'écoula, davantage peut-être, avant que le tremblement s'atténue lentement. Quand il put enfin parler, sa voix s'était raffermie.

— C'est une médication très forte, qui me laisse pratiquement plus épuisé que la fièvre, m'expliqua-t-il. C'est pour cela que je ne la prends pas aussi souvent que je le devrais. Je venais de Vancouver et j'avais l'intention de m'arrêter ici quelques jours avant de continuer vers le sud. Je voulais voir Yosip pour le convaincre de m'accompagner dans une entreprise que je vais tenter au Pérou.

J'allais lui demander qui était Yosip, mais il ne m'en laissa pas le temps :

— Yosip est le gardien de ce motel. Nous avons navigué ensemble, à l'occasion de quelques périples méditerranéens dont je vous ai dit jadis quelques mots. Il est né en Irak de parents géorgiens. Il a tout fait, de mercenaire en Indochine à maquereau marseillais. C'est un homme au caractère difficile mais noble, et fidèle en amitié. Je suppose qu'il vous a extorqué l'argent que je dois. Il ne pouvait pas faire autrement. Mais on peut avoir en lui une confiance absolue et il est de bonne compagnie. Un verre lui délie la langue et ses histoires sont de celles que l'on ne se lasse pas d'écouter. Bref, là-dessus j'ai eu cette crise de malaria qui me tient couché depuis un mois et demi. D'habitude j'ai toujours sur moi le médicament qui me permet d'en limiter les effets, mais cette fois je ne me suis pas méfié, et vous voyez où j'en suis. J'ai ramassé ces fièvres des marais à Rangoon il y a si longtemps que je finis parfois par croire que c'est arrivé à un autre. Oui, à Rangoon : à l'époque, je m'étais embringué dans une affaire de bois de teck avec des associés anglais plus fourbes qu'un faux derviche. Je suis redevable de cette maladie, ainsi que de diverses théories érotiques assez remarquables, à la fréquentation d'une veuve, patronne d'une industrie artisanale d'encens pour cérémonies religieuses à Kuala Lumpur. Je vous en conterai l'histoire quelque jour*. Elles en vaut la peine. Un médecin de Belfast m'a prescrit ces pilules à base de quinine. Elles sont efficaces, mais elles me causent des maux de tête insupportables et des nausées continuelles. J'ai toujours réussi à vaincre les fièvres grâce à ce remède, mais cette fois, ce sont elles qui m'ont terrassé.

Je lui suggérai d'appeler un docteur sans tarder. La fièvre l'avait tellement épuisé que certains organes comme le cœur et le foie risquaient d'être atteints. L'idée ne l'enthousiasmait pas. Il m'expliqua qu'il n'avait guère confiance dans les médecins, qui compliquaient tout. J'insistai, et il finit par accepter à contrecœur que j'en amène un le lendemain. Nous bavardâmes un moment, en évoquant de vieux souvenirs et des connaissances communes. Je voulus lui laisser un peu d'argent pour ses dépenses les plus urgentes, mais il refusa :

— Non, ne me donnez rien. Voyez plu-

---

* Voir la nouvelle « Relation véridique des rencontres et complicités entre Maqroll el Gaviero et le peintre Alejandro Obregón », dans *Le Dernier Visage*.

tôt la femme de Yosip. C'est elle qui m'apporte à manger et qui me fournit ce dont j'ai besoin. Si vous laissez de l'argent ici, on me le volera. Nuit et jour c'est un trafic incessant de putes et d'homosexuels, et comme mon angoisse de ne pas me retrouver bouclé me fait garder ma porte ouverte en permanence, n'importe qui peut entrer et se servir à sa guise. C'est pour cela que vous me voyez sans vêtements, sans chaussures, sans papiers. Mon passeport et mon billet de bateau jusqu'à Matarani sont entre les mains des gardiens. Là au moins, ils sont en sûreté. Des femmes qui viennent et restent un moment avec moi ont emporté la plupart de mes affaires en paiement de leurs services, le reste a été pris par les ombres que je vois rôder autour de moi quand je suis la proie de mes fièvres.

J'essayai de le tranquilliser en lui disant que désormais je serais là pour veiller à ce qu'on ne le dépouille plus. Mais le plus important était d'avoir le diagnostic d'un praticien, d'être fixé sur son état et sur les moyens de le tirer de là. Il me remercia d'un sourire qui se voulait chaleureux malgré le tremblement que je voyais renaître sur ses lèvres. Minuit était largement passé quand je le laissai à moitié endormi, baignant dans la sueur dont ses draps étaient trempés. Yosip et sa femme étaient en train de manger dans la loge et je les informai que je reviendrais le lendemain avec un médecin. Je leur donnai le téléphone de mon hôtel pour parer à toute éventualité, ainsi que quelques dollars pour les frais immédiats. Ils me dirent qu'el Gaviero mangeait très peu et refusait même carrément de goûter à la plupart des plats que la femme lui préparait. Ils parlaient de Maqroll avec un accent d'affection et de loyauté, plus sensible encore chez la femme qui se servait pour le désigner d'un diminutif incompréhensible. Je crus entendre quelque chose comme « Ruminchi », mais je ne voulus pas la questionner. J'avais l'impression d'entrer dans une intimité qui ne me concernait pas.

Le lendemain, aux studios, je me fis indiquer le téléphone d'un médecin dont les services étaient utilisés durant les tournages. A l'appareil, il se révéla être de nationalité uruguayenne. Sa voix avait une autorité sereine qui m'inspira tout à fait confiance. Nous convînmes qu'il passerait à mon hôtel dans l'après-midi et que nous irions voir el Gaviero ensemble. A six heures précises, nous nous retrouvâmes dans le hall. Il allait m'appeler dans ma chambre et je descendais justement pour l'attendre. C'était un homme de stature moyenne, le visage souriant et les yeux expressifs presque recouverts par d'épais sourcils d'un noir aussi intense que celui de la grosse moustache qui lui donnait l'allure d'un bandit d'opérette. Nous partîmes pour LaBrea et, chemin faisant, je lui donnai quelques informations sur el Gaviero. Je lui contai notre vieille amitié, son errance perpétuelle et certaines des originalités les plus saillantes de son caractère. Cela faisait des années, m'expliqua de son côté le médecin, que le traitement de ce genre de maladies tropicales était devenu d'une grande simplicité, mais il ajouta que si le patient n'observait pas bien les prescriptions, ou les suspendait en se croyant définitivement guéri, alors elles devenaient chroniques, affectant sérieusement la rate, le foie, et pouvant même produire des lésions cardiaques sérieuses. Nous entrâmes dans le motel et le docteur, que j'avais pourtant bien prévenu des conditions dans lesquelles vivait mon ami, ne put réprimer un sursaut. Les gardiens sortirent pour nous dire bonjour, et l'aspect du couple augmenta encore sa surprise. Il ne fit pas de commentaires et nous passâmes dans la chambre de Maqroll, qui dormait, secoué de légères convulsions, la respiration saccadée. Celui-ci ouvrit les yeux et nous salua d'un air absent.

Il se prêta à l'examen avec une patience et une résignation peu courantes de sa part. Il garda un sourire sceptique et poli en écoutant le médecin lui expliquer que les nouveaux médicaments allaient agir rapidement, mais qu'il était néanmoins indispensable de l'hospitaliser afin de lui prodiguer des soins réguliers et contrôlés, chose impossible en cet endroit. Avec les accès de fièvre qui le rendaient inconscient ou somnolent, il ne pourrait jamais prendre ses médicaments à heure fixe. El Gaviero acquiesçait à tout sans opposer de résistance. Sa seule objection fut d'ordre économique : il n'avait pas un sou et il ne voyait pas, dans ces conditions, comment entrer à l'hôpital. Je lui expliquai que je m'en chargeais. Nous ferions les comptes plus tard. Il haussa les épaules et me remercia, le regard perdu dans un lointain hypothétique qui ne lui ôtait rien de sa douloureuse intensité. Je raccompagnai le médecin jusqu'à mon hôtel où il avait laissé sa voiture. Pendant tout notre trajet, le long de l'interminable et insipide Santa Monica Boulevard, l'Uruguayen garda un silence qui se voulait discret mais qui révélait son impuissance à concilier ma situation, les responsabilités qu'elle impliquait pour moi dans divers pays sud-américains, et l'amitié d'un individu qui n'avait de toute évidence rien à voir avec le monde des grandes firmes cinématographiques de Hollywood. Il se décida finalement, un peu aidé par moi, à me demander où j'avais fait la connaissance de cet étrange personnage dont le nom n'évoquait aucune nationalité connue. Je lui répondis que nous nous étions liés d'amitié à bord d'un pétrolier d'Esso, au cours d'un voyage dans les Antilles comme j'en faisais souvent à l'époque où je travaillais pour cette compagnie. Maqroll était chef mécanicien et nos liens dataient du moment où je l'avais vu absorbé, pendant un moment de loisir, dans un ouvrage érudit traitant de la guerre de Succession d'Espagne. Nous nous étions tout de suite trouvés de plain-pied, vu l'intérêt que je portais moi-même à ce sujet, et nous avions reconnu tous deux le caractère incontestable du droit de Louis XIV à réclamer pour son petit-fils le trône laissé vacant par la famille d'Autriche. Puis nous nous étions revus dans d'autres traversées et nous avions pris l'habitude de nous croiser dans les endroits du monde les plus inattendus, au gré de nos changements d'emploi successifs.

— Je n'aurais jamais imaginé qu'un tel homme pouvait avoir des préoccupations intellectuelles, observa le médecin avec une prudence toute professionnelle.

— Je n'appellerais pas cela ainsi, lui répondis-je. Le seul mot d'intellectuel ferait bondir el Gaviero. C'est un homme qui a des curiosités profondes et sincères, ainsi qu'un goût très personnel pour le passé, qui vont de pair avec une bonne formation littéraire acquise aux marges du monde où évoluent ceux que l'on nomme ordinairement les intellectuels.

Je vis que le docteur n'était guère convaincu et qu'il avait du mal à se remettre de cette rencontre insolite. Les quelques anecdotes de la vie de mon ami que je lui racontai sous une forme abrégée et superficielle ne firent rien pour lui rendre sa sérénité. Arrivés à l'hôtel, il me donna l'adresse de l'hôpital où je pourrais faire soigner el Gaviero, et son au revoir fut assez distant.

Le matin suivant, j'allai chercher Maqroll en ambulance. Il tenait à peine debout. Yosip et sa femme me questionnèrent avec inquiétude sur ce qu'on allait faire à leur hôte, en manifestant pour lui un intérêt chaleureux qui transparaissait sous la maladresse et l'anxiété de leurs timides objections. Maqroll les tranquillisa en leur disant que son départ n'était absolument pas de leur faute, mais que la nécessité d'un traitement plus strict rendait l'hospitalisation indispensable. Je leur laissai l'adresse pour qu'ils puissent lui rendre visite. Au moment où l'on hissait la civière dans l'ambulance, la femme, prise d'une angoisse subite, m'agrippa le bras et me répéta à plusieurs reprises en français :

— S'il s'agit de le soigner, ça va. Mais vous êtes responsable si ça ne marche pas. C'est un ami comme il n'y en a pas d'autres*.

Je la calmai de mon mieux et lui affirmai encore une fois qu'il était pour moi un ami aussi ancien et aussi cher que pour eux ; qu'elle n'avait rien à craindre et que tout se passerait bien : nous nous reverrions à l'hôpital. Deux grosses larmes coulaient sur son visage sans en altérer l'air de fierté méditerranéenne. Yosip observait la scène avec cette impassibilité féline qu'acquièrent les mercenaires à force de vivre dans la fréquentation de la douleur et de la mort. Nous remontâmes LaBrea pour prendre le *freeway* en direction de San Fernando Valley, où se trouvait l'hôpital, tandis que la sirène de l'ambulance nous ouvrait un passage dans la circulation. Maqroll me regar-

* En français dans le texte.

dait d'un air à la fois amusé et perdu. Il m'expliqua que ses amis du motel, à force de le voir survivre aux aventures les plus invraisemblables, s'étaient fait de sa personne une idée qui n'excluait pas un vague soupçon d'immortalité. Cette image leur était probablement nécessaire pour continuer eux-mêmes à vivre, d'où le coup brutal qu'ils avaient reçu en le voyant partir pour l'hôpital en ambulance.

— Il y a comme cela des êtres qui jouent le rôle d'assurance contre la mort : en vérité celle-ci est toujours à leurs côtés, mais ils savent faire semblant de l'ignorer, ajouta-t-il en revenant sur l'une de ses obsessions les plus enracinées.

Le traitement auquel Maqroll fut soumis dans cet hôpital qui portait un nom biblique et dont le règlement était rigoureusement quaker, commença très vite à donner des résultats. Les accès de fièvre s'espacèrent : el Gaviero passa rapidement du fauteuil roulant aux lentes promenades dans les allées du jardin aseptisé, dont les fleurs avaient l'air d'être en plastique, tout comme les orangers chargés de fruits d'un jaune invraisemblable. Je croisais de temps en temps le gardien et sa femme. Leur méfiance avait fait place à une sympathie aussi rude qu'émouvante. L'amélioration de l'état d'el Gaviero les avait rassurés, ainsi que certaines précisions que celui-ci avait dû leur donner concernant nos relations.

Un samedi matin, je vis que Maqroll avait rassemblé le peu d'affaires qui lui restaient dans un sac semblable à ceux que les compagnies aériennes donnent en cadeau et qui avait certainement connu des voyages beaucoup plus mouvementés que de simples vols réguliers. Il m'attendait, assis sur une chaise, et tout en lui indiquait une impatience, une agitation qui ne lui étaient pas habituelles.

— Le docteur a téléphoné ce matin de bonne heure pour autoriser ma sortie. Nous avons eu hier une longue entrevue, et il a bien voulu admettre que l'ambiance impersonnelle et funéraire de ce genre d'institution me faisait plus de mal que les fièvres. Vous le savez, les hôpitaux n'ont jamais été mes lieux de prédilection. Que je m'y sois trouvé en qualité de gardien, comme à l'hôpital de la Baie, ou pour d'autres raisons, comme à l'hôpital des Superbes*, je n'ai jamais pu chasser cette impression d'y être comme dans une antichambre de la mort, même quand ils ont la somptuosité de celui-ci, et ses prétentions d'hôtel de luxe. Alors je m'en vais. Vous m'aviez dit que vous viendriez aujourd'hui et je suis prêt à retourner au motel ou n'importe où, à condition de ne plus voir ni médecins ni infirmières.

Sa décision de quitter l'hôpital ne me surprenait pas. J'avais bien remarqué son refus de l'atmosphère qui l'entourait et son désir de partir dès qu'il irait un peu mieux. Mais je voulais quand même, par mesure de sécurité, obtenir un avis plus détaillé du médecin. J'appelai celui-ci de la chambre : oui, me confirma-t-il, effectivement, mon ami pouvait quitter la clinique, mais il recommandait aussi le repos dans une ambiance familiale, calme, très différente de celle du motel d'où nous l'avions tiré au bon moment. Je répétai ses propos à Maq-

* Voir « Inventaire des hôpitaux ultramarins », dans *Les Éléments du désastre* (à paraître).

roll en lui proposant de passer quelques jours chez mon frère, sous le climat privilégié de San Fernando Valley, non loin de l'Université de Northridge avec ses vastes orangeraies, et ses bâtiments blancs et silencieux. Il accepta sans enthousiasme excessif. Il ne voulait pas déranger une maison étrangère, sa présence allait perturber la vie quotidienne des maîtres du lieu ; et d'ailleurs il ne connaissait pas ceux-ci. Je le tranquillisai en l'assurant qu'ils seraient ravis de l'accueillir, qu'ils n'avaient pas d'enfants et qu'ils avaient l'habitude d'amis dont l'existence n'était pas moins insolite et mouvementée que la sienne.

La vie dans la maison de Northridge prit rapidement un cours de franche familiarité. El Gaviero était enchanté de mon frère : il discutait avec lui des différentes sortes de whisky et de la supériorité des foncés sur les clairs, lesquels sont faits pour les hypocrites qui sont incapables d'apprécier un bon scotch et veulent seulement faire croire qu'ils ont mis beaucoup d'eau dedans. La femme de mon frère essayait de compenser l'effet de leurs élucubrations par des plats succulents de son répertoire, dont un poulet aux champignons et une langue aux câpres qui soulevaient l'enthousiasme de Maqroll. Je venais les voir chaque fois que je pouvais me libérer après mon travail dans les studios, et passais bien sûr les fins de semaine en leur compagnie. Maqroll guérissait à vue d'œil et parlait de plus en plus souvent de ses projets d'exploitation d'une carrière sur la côte péruvienne. La fièvre des départs le reprenait déjà.

Un jour que nous savourions au bord de la piscine un poulet rissolé sur la braise dans le patio et arrosé d'un beaujolais encore jeune que j'avais trouvé par hasard chez un marchand de liqueurs de Burbank, ma belle-sœur demanda à Maqroll comment un homme de mer tel que lui pouvait s'intéresser à quelque chose d'aussi parfaitement terrien que des carrières. Qui donc l'avait conduit à pareille entreprise, laquelle n'avait rien à voir avec sa vie et ses aventures antérieures ? Là-bas, ajouta-t-elle, l'attendaient peut-être des jours très difficiles. Maqroll resta un bon moment silencieux. J'étais habitué à ces absences, mais les maîtres de maison s'étonnaient encore de voir comment mon ami pouvait se perdre dans les fils enchevêtrés de ses souvenirs et dans la secrète complicité des démons tapis aux plis les plus obscurs de son être. Enfin il nous regarda comme s'il revenait d'un voyage qu'il nous était impossible de concevoir. C'est alors qu'il parla de son étrange séjour dans Amirbar. Je l'ai dit en commençant, je n'avais jamais entendu ce nom sur ses lèvres. Je ne savais pas ce qu'il signifiait, et il n'évoquait dans mon esprit aucune des histoires qu'il avait pu me narrer au long cours de notre vieille amitié.

— Qu'est-ce qu'Amirbar ? Que veut dire ce mot ? demanda mon frère Leopoldo, sans savoir qu'en lui répondant Maqroll allait révéler une contrée torturée de sa mémoire inconnue de nous.

Mais ce jour-là, el Gaviero n'était pas encore disposé à s'étendre sur cette histoire. Il se borna donc à répondre, le regard voilé de nostalgie et de tristesse :

— Amirbar était le nom du ministre de la Flotte du royaume de Géorgie. Je suppose que cela vient de l'arabe Al Emir

Bahr. Je vous conterai une autre fois ce que j'ai vécu en ce lieu et en d'autres semblables, quand j'étais la proie du délire dévastateur que les gens appellent non sans légèreté la fièvre de l'or.

Comme toujours chez lui, l'évocation de son passé était fonction d'une alchimie complexe d'humeurs, de climats, de correspondances, et il avait besoin de pouvoir s'abandonner complètement pour donner libre cours aux vannes de sa mémoire et se lancer alors dans de longues réminiscences, sans se soucier du temps ni de la disponibilité de ses auditeurs. Mais il faut admettre aussi que pour ceux-ci, l'expérience débouchait toujours sur un véritable enchantement qui effaçait la monotonie quotidienne de leurs vies.

Un dimanche après-midi, par une de ces journées où l'été californien semble devoir durer éternellement, comme installé à tout jamais dans une torpeur brûlante qui finit par nous inspirer la crainte vague d'un phénomène surnaturel, j'eus l'idée de proposer un *old-fashioned* de mon invention dans lequel, après son expérimentation récente, j'avais une confiance absolue. Sa formule consistait à remplacer le bourbon par de l'authentique rhum des îles, agrémenté, en sus des autres ingrédients, d'un peu de porto. Tout le monde fut d'accord pour prendre le risque et je préférai ne pas relever l'expression légèrement dubitative d'el Gaviero, lui que j'avais vu pourtant si souvent dans le passé approuver mon goût maniaque et hérétique pour la modification des formules consacrées. Le cocktail fut un triomphe. La lumière se faisait plus douce et plus veloutée, tandis qu'une brise timide tentait de chasser la chaleur de désert libyen qui avait régné toute la journée. Il était déjà près de huit heures mais il faisait encore clair pour un moment. Nous parlions de ports, et Maqroll achevait de nous raconter sa rencontre avec un garde-côte portugais qui avait voulu l'arraisonner au large de Porto. Il transportait de la marchandise de contrebande, comme de bien entendu, et son associé Abdul Bashur l'attendait au port avec l'inquiétude que l'on peut imaginer. Il s'était dégagé au dernier moment en simulant une avarie qui ne pouvait attendre.

Son récit terminé, mon ami entra dans un de ses profonds silences, tout en savourant ma concoction avec un sourire vaguement approbateur. Soudain, il nous regarda comme s'il nous voyait pour la première fois et nous lança :

— Les mines d'or... Impossible de parler de ces choses-là à la légère. C'est comme un lent poison qui vous envahit et dont vous ne prenez conscience que lorsqu'il est trop tard. Comme un opium furtif, ou comme ces femmes auxquelles on ne prend d'abord pas garde et qui transforment une vie en enfer sans issue. La première fois que j'ai entendu parler de mines d'or, ce fut par une allusion de mon cher Abdul Bashur — que les dieux le protègent. Il me proposait d'aller dans une propriété de sa famille, dans les monts du Liban, où l'on trouvait, semblait-il, des traces de minerai aurifère. Nous étions alors en plein trafic clandestin de tapis que nous vendions en Suisse à un groupe d'architectes décorateurs et qui nous laissaient de bons bénéfices. Notre amie Ilona servait d'intermédiaire avec les Suisses, et nous nous chargions de l'achat et du transport de la marchandise. La chose n'avait rien d'une sinécure. La proposition de Bashur est restée en l'air et nous n'y avons plus pensé. Des années plus tard, je me trouvais à Vancouver où, après avoir cherché sans succès le moyen de quitter la ville, j'attendais mon ami le peintre Obregón qui m'avait promis de me venir en aide*, et je tuais le temps dans les tavernes et les bars du port en quête d'un interlocuteur avec qui parler un peu des choses de la mer et partager le moins mauvais des whiskies canadiens. C'est là que j'ai rencontré un vieil orpailleur qui avait parcouru les endroits les plus divers du globe à la recherche du gisement qui le sortirait de la pauvreté. Pour faire durer la conversation, j'ai évoqué les propos de Bashur.

» — Non, m'a-t-il répondu, il n'y a rien au Liban. Il n'y a jamais rien eu. Ce sont des légendes dont on se sert pour faire peur aux Druses, qui sont les maîtres et seigneurs de la montagne, et pour les déloger des lieux où ils font paître leurs troupeaux.

* Voir la « Relation véridique... » dans *Le Dernier Visage.*

C'est une histoire très compliquée. Mais il n'y a rien, non, vraiment rien. L'endroit où l'on peut encore trouver de l'or avec une relative facilité, c'est sur les contreforts des Andes. Il faut y chercher les mines abandonnées et essayer de les remettre en activité.

» Là-dessus mon interlocuteur s'est lancé dans une longue dissertation sur les permis gouvernementaux, les taxes sur les bénéfices des mines et, finalement, sur les possibilités concrètes et quasi immédiates de trouver de l'or là-bas. Je ne connaissais pas encore la faculté pratiquement infinie de rêve qui caractérise ces victimes inguérissables de l'angoisse vorace qui les ronge et leur fait prendre des mirages pour autant de réalités à portée de la main. De Vancouver j'ai gagné la Basse-Californie et là, je me suis livré au cabotage dans le golfe de Cortés, sur un bateau dont je suis devenu propriétaire en association avec deux individus d'origine croate qui ont fini par me laisser sur le sable. C'est alors que les propos du chercheur d'or canadien me sont revenus en mémoire et, avec le peu d'argent qui me restait, j'ai décidé de me lancer à la recherche de mines abandonnées dans le massif qui est au centre des trois chaînes de montagnes par lesquelles les Andes vont mourir aux rives de la mer des Caraïbes.

» J'ai remonté le fleuve jusqu'au cœur du pays et là, sur les contreforts de la Cordillère, j'ai commencé à parcourir les villages où se conservait encore vivante la tradition de la mine. Afin de me familiariser avec l'atmosphère des mines, j'ai accepté l'emploi de gardien d'une galerie abandonnée au bord du río Cocora. J'ai déjà eu l'occasion de conter les visions, les peurs et les déceptions que m'a values cette expérience*. Il se peut, dans le récit que j'en ai fait, que l'imagination occupe une place trop importante, mais c'est sans doute parce qu'il s'agissait de mon premier contact avec cette ambiance si opposée, si étrangère à celle de la mer, des bateaux et des ports qui m'a été familière toute ma vie. Quand j'ai quitté le Cocora, j'étais prêt à entreprendre l'exploration, à fond et pour mon propre compte, d'une mine d'or que

---

* Voir *La Neige de l'Amiral.*

j'enregistrerais à mon nom. Après quelques mois de recherches, je suis finalement arrivé dans un petit bourg nommé San Miguel où l'on parlait encore d'une mine d'or dont les premières galeries avaient été creusées par un groupe d'Allemands. Le nom de cette mine attira mon attention ; elle s'appelait " la Bourdonnante ". Les gens de Hambourg étaient tombés, semblait-il, sur plusieurs affleurements d'un filon qui, au début, promettait énormément. Et puis ils avaient perdu l'espoir de le retrouver et ils avaient abandonné les lieux en y laissant les outils et la machinerie inutilisables. Des années plus tard, des Anglais, associés à des éleveurs du cru, avaient fait une nouvelle tentative. Ils avaient eu plus de chance que les Allemands et l'on disait qu'ils avaient extrait de l'or en quantités appréciables. Là-dessus était survenue l'une des innombrables guerres civiles qui sévissent dans ces régions à l'état endémique, et les propriétaires de la mine avaient été fusillés dans une galerie avec les ingénieurs et les ouvriers qui y travaillaient, sous prétexte que celle-ci servait de dépôt d'armes à l'insurrection. La galerie avait été dynamitée pour faire disparaître les cadavres, ce qui avait donné naissance à des histoires de fantômes. De temps en temps quelqu'un y montait avec l'intention de fouiller dans les entrailles de la mine, mais on le voyait vite redescendre au village pour raconter des histoires épouvantables, fruits, certainement, du désir de masquer son échec.

» Il y avait à San Miguel un café dont le patron était aussi propriétaire, à l'étage, de quelques chambres qu'il louait à des hôtes de passage : éleveurs en quête de terres, collecteurs d'impôts, charlatans vendeurs de drogues miraculeuses qui, le dimanche, s'entouraient le cou d'un énorme serpent à demi anesthésié et montaient sur une caisse pour faire le récit de leurs voyages et de la découverte subséquente de la médecine qui guérissait tout. Le café, comme tous ceux de la région, était tenu par des femmes aux formes avenantes, dont les robes collantes laissaient voir une bonne partie des cuisses. J'étais étonné de n'y voir entrer que des hommes. On voyait parfois les épouses ou les maîtresses attendre les consommateurs dans la rue pour les ramener à la maison quelques heures plus tard, quand l'aguardiente les avait mis dans un état d'ébriété dévastatrice. Le chauffeur d'un de ces véhicules mixtes, moitié passagers moitié marchandises, que l'on nomme là-bas des “ chèvres ”, avec lequel j'avais parcouru les trois cents kilomètres qui séparent San Miguel de la capitale de la province et noué des relations très cordiales — il était de ces hommes qui allient le caractère jovial et ouvert des gens des terres chaudes à une intelligence naturelle aussi remarquable qu'infaillible — m'a présenté au patron du café en me recommandant tout particulièrement. Pendant le trajet, il m'avait parlé de la Bourdonnante et des récits que l'on brodait à son sujet. Quand je lui avais demandé s'il pensait qu'on pouvait encore y trouver de l'or, il m'avait répondu :

» — En trouver, ça oui, à coup sûr, mais la saloperie c'est d'abord de le chercher, et pour cela il faut avoir la tête drôlement solide. Parce que celui qui cherche de l'or, il finit toujours à moitié fou. C'est ça, le problème.

» Je devais me souvenir un peu plus tard de ces paroles de Tomasito — tel était le nom de mon ami — et mesurer toute la vérité qu'elles contenaient. Je me suis installé dans une chambre qui donnait sur la place du village. Il m'a fallu m'habituer aux éclats de voix, au fracas de la vaisselle et aux chocs des verres sur les tables de laiton émaillé, qui montaient du café jusqu'à une heure avancée de la nuit. Un phono moulinait infatigablement trois ou quatre disques, toujours les mêmes, dont les chansons, qui pleuraient la trahison d'une femme ou sa fuite soudaine, étaient pratiquement inaudibles dans le vacarme général. Je passais une bonne partie de mon temps assis à une table du fond où l'on m'apportait régulièrement et sans hâte une bière aigre, au goût légèrement médicinal, dont la publicité fleurissait sur les routes et dans les villes et dont le nom allemand laissait espérer mieux. C'est là que j'ai achevé de me renseigner sur la Bourdonnante et ses histoires d'épouvante et d'apparitions. J'ai noué également des liens avec plusieurs serveuses qui, lorsque la clientèle s'éclaircissait, s'asseyaient pour me raconter leur vie et me demander des conseils à propos de leurs amours et de leurs disputes. Elles avaient toutes un fond inhabituel d'innocence qui ne correspondait nullement à leur robe courte et collante, à leur maquillage criard et à leur façon d'évoluer entre les tables en roulant des fesses et en exhibant leur décolleté sous les commentaires salaces de la clientèle de mâles avinés, loin de chez eux, perdus dans la brume de la Cordillère. Ces femmes ne se donnaient pas facilement. Pour y parvenir, il fallait leur faire une cour longue et convaincante, qu'elles accueillaient avec un scepticisme paysan, où se mêlait la malice aiguë de femmes qui avaient dû affronter les mauvais tours d'une vie en marge des conventions qu'elles continuaient à respecter et auxquelles elles rêvaient de revenir pour jouir d'une stabilité qui, au fond d'elles-mêmes, représentait l'aspiration majeure de leur vie. La première fois que j'ai invité une serveuse à me suivre dans ma chambre, elle m'a répondu sans s'émouvoir mais sur un ton définitif :

» — Ecoutez, mon garçon, je ne suis

pas une pute et j'espère bien ne jamais le devenir. Si je travaille ici, c'est parce que j'ai un enfant à élever. Je l'ai eu avec un lieutenant de la garde rurale que je n'ai pas pu épouser, vu que le pauvre garçon a été tué par les hommes de la CAF. Remarquez, peut-être qu'on ne se serait jamais mariés, mais enfin il me l'avait promis. Vous m'avez l'air d'un type bien et j'ai l'impression que vous connaissez le monde. Je vais vous donner un conseil : si un de ces jours vous voulez vraiment fréquenter l'une de nous, il faudra y mettre beaucoup de sentiment. C'est la condition et, même comme ça, je ne peux pas vous garantir le succès. Je vous apporte une autre bière ?

» La femme m'avait remis à ma place d'une façon si directe et si claire que j'ai commandé une autre bière à seule fin de pouvoir continuer à parler avec elle, alors qu'à chaque bouteille que je vidais je me jurais que c'était la dernière. Nous avons bavardé longuement et elle s'est révélée être une source d'informations de grande valeur. Ses parents habitaient non loin des galeries de la Bourdonnante, qu'elle connaissait bien. C'était une grande fille aux membres minces et nerveux, aux hanches étroites et aux seins pointus d'adolescente. Le visage, également mince, avait un menton allongé et une lèvre inférieure charnue, ce qui lui donnait un vague air d'infante espagnole qui s'évanouissait immédiatement quand on voyait l'expression sombre de ses yeux couleur de tabac foncé et les épais sourcils très noirs qui se confondaient presque avec la naissance de la chevelure tumultueuse et crêpelée, laissant peu de place au front légèrement fuyant qui lui donnait un aspect inquiétant, en complet désaccord avec son caractère enjoué et son sens prononcé de l'humour, dû à une connaissance des hommes acquise davantage dans son travail de serveuse qu'au lit. Notre amitié a fini par devenir très solide et nous n'eûmes pas l'idée de la transformer en autre chose. Parfois, quand elle me voyait absorbé dans la lecture des ouvrages de minéralogie que j'avais emportés avec moi pour cette occasion, ou d'un autre livre, pris parmi ceux qui m'accompagnent toujours, elle s'asseyait à côté de moi en attendant l'appel d'un client.

» En escale à la Martinique sur le chemin de mon aventure minière, j'avais acquis à bas prix dans une librairie d'occasion de Fort-de-France quelques traités dont je pensais qu'ils pourraient m'être utiles : la *Géologie moderne* de Poivre d'Antheil, la *Minéralogie appliquée* de Benoît Testut et *L'Or, le Cuivre, l'Argent, le Manganèse*, un volume fatigué datant du XVIIIe siècle écrit par un certain Lorenzo Spataro, plein de bon sens et d'observations aussi judicieuses que faciles à appliquer. Pour égayer l'aridité de ces lectures, j'avais aussi un livre qui me procurait un plaisir indicible : c'était *Les Guerres de Vendée* d'Emile Gabory. Cette œuvre, d'une richesse de documentation et d'une intelligence claire dans la présentation des personnages et des événements qu'il est rare de rencontrer dans ce genre d'ouvrages, habituellement d'une lourdeur académique accablante, m'introduisait dans les labyrinthes de l'histoire avec l'aimable légèreté des anecdotes galantes. L'épopée de la Vendée m'a toujours singulièrement attiré. Elle constitue la réponse du plus lucide et du plus raffiné des siècles de l'Europe occidentale à la brutalité d'un carnaval sanglant qui a conduit au sinistre et mesquin XIXe siècle.

» — Pourquoi lisez-vous tellement, bon Dieu ? me reprochait mon amie Dora Estela, plus connue sous le nom de " la Conseillère ". Vous allez vous rendre aveugle. Les livres, ça ne sert qu'à embrouiller la tête aux gens.

Pour les manuels de mines il m'avait été facile de lui en montrer l'utilité, mais pour l'autre livre, j'avais dû me borner à de vagues considérations qui ne la satisfaisaient pas du tout.

» — Si tout ça c'est du passé, et si tout ce monde-là est enterré, alors à quoi ça sert d'aller remuer des squelettes ? Occupez-vous donc plutôt des vivants, c'est plus utile.

» Je lui ai expliqué que certains vivants étaient parfois plus morts que les personnages de ces livres, et que j'en étais si bien convaincu qu'il m'arrivait de ne pas écouter mes semblables avec l'attention voulue, de peur de les réveiller.

» — D'accord, pour ça vous avez raison. Il y a des gens qui débitent des conneries plus déprimantes que ce que les morts ont parfois à nous dire.

» Telle était la Conseillère : quelle femme. Et combien d'heures amères me serais-je évitées, si je l'avais prise au sérieux.

» Un jour que j'avais entrepris de lui demander des détails plus précis sur la mine, elle m'a répondu :

» — Ecoutez, le mieux est encore que vous y montiez voir vous-même. Je ne suis pas suffisamment au courant pour deviner ce que vous avez besoin de savoir. Mais, je m'en souviens maintenant, un de mes frères qui vit avec mes parents monte de temps en temps là-haut avec des *gringos* et y reste plusieurs semaines, histoire de parcourir les galeries jusqu'à ce qu'ils se découragent et s'en aillent. Eulogio va venir dans une huitaine de jours avec du bétail destiné à la capitale. Je vous le présenterai et lui demanderai de vous accompagner. C'est un grand taciturne, parce qu'on lui a fait peur quand il était enfant, mais il est très malin et il a la réputation d'être honnête. Ne vous inquiétez pas si, parfois, il ne vous répond pas. Il finit toujours par donner une réponse précise. Soyez patient avec lui.

» De mon côté, j'étais aussi arrivé à la conclusion qu'il fallait que je monte à la mine pour voir comment elle se présentait. Mes manuels, rédigés avec la clarté et la rigueur de toute étude publiée en France, m'avaient inculqué suffisamment de rudiments pour que je sois capable d'examiner le site et d'en déterminer les possibilités d'exploitation. L'offre de Dora Estela venait à point pour concrétiser mes projets : l'aide d'un natif de la région ne pouvait que me faciliter la tâche. Nous avons donc convenu qu'elle m'aviserait de l'arrivée de son frère et me mettrait immédiatement en contact avec lui. J'essayais d'imaginer l'aspect de ce frère de la Conseillère. Pour peu qu'il lui ressemblât, il devait avoir une tête de bandit des grands chemins, faite pour effrayer le tempérament le mieux trempé.

⁂

La nuit était venue sans que nous nous en apercevions. Le ciel gardait encore une luminosité diffuse, pareille à celle qu'a le firmament dans l'été de l'océan Indien. La brise qui nous avait rafraîchis au début du récit d'el Gaviero était retombée, et la chaleur régnait à nouveau sur cette paix magnifique qui précède certaines cérémonies. Je demandai si quelqu'un voulait un autre *old-fashioned* au porto : j'essuyai un refus courtois mais unanime. Maqroll exprima son désir de continuer au bourbon sec, et les maîtres de maison passèrent au vin blanc glacé. Je suivis l'exemple d'el Gaviero, puis nous nous installâmes commodément, afin d'écouter la suite.

— A ce moment-là, reprit Maqroll, mon intérêt pour les mines d'or était encore tout spéculatif. Je veux dire que celles-ci m'intéressaient dans la mesure où elles me donnaient une occasion d'explorer un monde qui m'était étranger. Ce sont les défis de ce genre qui me permettent de continuer à vivre sans chercher de faux-semblants. La mer me les a toujours offerts, et elle peut être en la matière d'une générosité dévastatrice. C'est pour cela que quand je suis à terre, je souffre d'une espèce d'inquiétude, d'une impression frustrante de confinement, voire d'asphyxie, qui disparaissent dès que je gravis la passerelle du bateau qui va m'emporter dans un de ces voyages inouïs où la vie est aux aguets comme une louve affamée. Tout jeune, à Cardiff, je me suis engagé comme gabier sur un baleinier islandais dont l'équipage avait été intoxiqué par des aliments avariés. L'apprentissage de la mer, les longues heures passées à scruter l'horizon accroché au faîte du mât de hune, tout cela me comblait d'une plénitude si intense que rien, depuis, n'a pu me redonner une telle sensation de liberté sans frontières, de disponibilité absolue. J'en retrouve néanmoins toujours quelque chose dès que je suis sur un bateau, même enfermé dans le cambouis et la chaleur infernale de la chambre des machines. Il est donc bien normal que vous vous demandiez ce qui pouvait m'attirer dans cette histoire de mines à l'intérieur des terres. Mais l'explication est simple : il s'agissait d'une ultime tentative de trouver sur la terre ferme ne serait-ce qu'une infime parcelle de ce que la mer m'avait toujours procuré. Aujourd'hui je sais que c'était inutile et que je perdais mon temps. Mais je ne l'avais pas encore compris. Hélas. Ne croyez pas que je sois en train d'idéaliser la vie de marin. Le travail sur un bateau peut être une terrible épreuve, et d'ailleurs il l'est presque toujours. Même quand il s'agit d'un poste comme celui que j'avais avec Wito sur le *Hansa Stern* *, où je devais tenir les livres de bord, la mer ne permet jamais qu'un travail soit facile. Là comme ailleurs j'en ai vu de dures, quand nous avons essuyé des cyclones dans le golfe du Mexique avec une cargaison mal arrimée et que Wito restait plongé dans un mutisme de mauvais augure. Mais revenons plutôt à l'histoire de la Bourdonnante, car si j'en perds le fil, Dieu seul sait où je vais vous emmener.

» Le frère de Dora Estela est arrivé à San Miguel pour embarquer son bétail sur

* Voir *La Dernière Escale du Tramp Steamer.*

deux camions qui l'attendaient depuis la veille. Il a pris la chambre voisine de la mienne et s'y est enfermé un long moment avec sa sœur. J'entendais les échos d'une violente discussion, suivis d'une plainte soutenue qui semblait ne jamais devoir s'arrêter. Je suis descendu les attendre au café. Je ne voulais pas être le témoin involontaire de leurs drames familiaux. Au bout d'une heure, ils sont entrés et sont allés droit à ma table. Elle avait les yeux rougis, et les larmes avaient fait couler le fard sur ses joues en y laissant des ombres qui la vieillissaient. Pourtant je lui ai trouvé l'air serein, comme si elle avait enfin réussi à mettre au clair quelque chose qui la tourmentait depuis longtemps. Contrairement à tout ce que j'avais supposé, le frère ne lui ressemblait en rien. C'était un garçon de taille moyenne, avec certains traits européens qui faisaient penser à une ascendance asturienne. La lenteur de ses gestes trahissait une force physique exceptionnelle. Son air de bonté, de bonhomie même, ne s'accordait pas avec cette énergie musculaire éclatante dont on voyait vite qu'elle était inutile et étrangère à son caractère. Nous nous sommes salués, et sa poignée de main m'a transmis une cordialité spontanée qui, quand il s'est agi de l'exprimer par des mots, s'est perdue dans un bredouillis incompréhensible. La Conseillère lui a expliqué l'affaire. En l'écoutant, je me suis rendu compte qu'ils en avaient déjà un peu parlé. Je m'en suis inquiété, car c'était peut-être la cause de leur dispute mais, comme si elle avait lu dans mes pensées, la femme s'est empressée de me rassurer :

» — Eulogio confond, lui aussi, mon travail et ma manière de m'habiller. Il essaie toujours de me faire rentrer à la maison. Impossible de lui faire comprendre que c'est ici que je cours le moins le danger de mener une vie indigne. Là-haut, n'importe quel péon se sent le droit de me culbuter comme si j'étais sa propriété. Je crois toujours qu'il a compris, mais à chaque passage c'est le même discours. Maintenant, revenons à cette histoire de mine. Explique à monsieur, a-t-elle dit en s'adressant à son frère, ce que tu pourras faire pour lui, si tu acceptes. Je te l'ai dit, c'est quelqu'un de bien, on peut avoir confiance.

» L'homme m'a dévisagé et j'ai eu l'impression qu'il lui fallait faire un effort pour mettre de l'ordre dans son propos ; mais quand il s'est mis à parler, il s'est exprimé avec aisance et clarté.

» — La mine contient de l'or, monsieur, ça c'est certain. Mais tous les hommes qui sont venus jusqu'à maintenant pour la rouvrir voulaient avoir des résultats tout de suite, et ce n'est pas possible dans l'état où elle est depuis que la garde rurale l'a dynamitée. Il paraît que le filon est justement enfoui là où ça a sauté. C'est une question de patience. Je n'y connais pas grand-chose en mines, mais j'en ai accompagné qui semblaient être des experts. D'après ce que j'ai entendu, il faudrait s'installer sur place et examiner soigneusement chaque galerie demeurée en état pour voir si on y trouve un affleurement. Je vous accompagnerai avec plaisir. Je dois seulement embarquer ce bétail et m'entendre avec les chauffeurs, après quoi j'enverrai un télégramme à la ville pour annoncer son arrivée, et nous pourrons partir. Cela me prendra un jour et demi ou deux. A vous de décider.

» Je lui ai répondu que j'étais prêt à partir avec lui quand il voudrait. Je lui ai parlé de rémunération et il est resté muet.

» — Ne vous faites pas de souci pour ça, monsieur, est intervenue sa sœur, entraînée de longue date à remplir les vides d'Eulogio. Il le fait parce qu'il sait que vous et moi nous sommes amis, et ça suffit.

» Je lui ai dit qu'en aucun cas je ne voulais l'employer sans lui verser le salaire correspondant. Cela ne me paraissait pas correct. De plus, j'espérais pouvoir compter sur lui pour tout le temps qui serait nécessaire, et cela avait un prix.

» — Avec votre permission, a tranché Eulogio impassible, en sortant de son long silence, nous attendrons que vous ayez visité la mine et fait vos calculs de temps et d'ouvrage, et alors nous discuterons. Je suis d'accord pour que nous fixions un salaire, mais plus tard. Quand vous serez là-haut, vous comprendrez pourquoi je vous dis cela.

» Cette prudence observée par Eulogio

pour s'engager n'était pas très rassurante. La mine maudite devait receler plus d'une mauvaise surprise. Dora Estela avait commencé à s'essuyer le visage et à remettre de l'ordre dans son maquillage, et elle allait dire quelque chose quand un client l'a réclamée à une autre table. En son absence, j'ai décidé avec son frère que nous partirions dans deux jours. Je l'ai questionné sur ce qu'il me fallait emporter, et il m'a dit que le mieux, pour le moment, était de laisser mes affaires à la garde du patron de l'établissement. Je pouvais lui faire confiance.

» — Prenez ce que vous avez sur vous et du linge de rechange en double. Vous reviendrez chercher le reste. Si vous vous décidez à vous y mettre, il vous faudra acheter divers outils et vous occuper du permis d'exploitation au siège du gouvernement. Ne demandez pas encore la concession. C'est trop compliqué et nous ne savons pas si ça en vaut la peine.

» Je lui ai demandé si ces démarches étaient très compliquées et il m'a rassuré :

» — Personne ici ne s'intéresse à ces

histoires. Maintenant qu'ils ont réussi à liquider les CAF, la seule chose qui les préoccupe vraiment c'est l'apparition de nouveaux groupes.

» Je l'ai interrogé sur ces fameuses CAF que j'avais déjà entendu mentionner, et après une longue pause dont j'ai cru qu'elle allait se transformer en silence définitif, il m'a expliqué d'une voix où perçait la colère :

» — Mon Dieu, patron, ils sont tous plus fous les uns que les autres. CAF, ça veut dire Compagnies d'Action Fédérale. C'est un groupe de desesperados qui, j'en suis sûr, ne savent pas eux-mêmes ce qu'ils veulent. Ils dévastent tout, attaquent l'armée jusqu'à ce que celle-ci arrive à les accrocher, tuent les bêtes et les gens sans motif et sans logique, et disparaissent dans la montagne. Qui les paie, qui les arme, mystère. Il semble que, par ici en tout cas, l'armée ait réussi à les liquider. Mais d'autres ne tarderont pas à se montrer. C'est comme un fléau naturel. Ça fait trente ans qu'on vit avec, et ça n'est pas près de finir. Enfin, quoi qu'il en soit, je vais voir si je peux embarquer mes bœufs en vitesse, et on se retrouve ici plus tard.

» Il s'est levé et m'a serré la main avec la même cordiale énergie qu'à son arrivée. Comme si, n'ayant pas l'habitude d'exprimer ses sentiments par la parole, il le faisait par le geste. En passant près du comptoir où sa sœur attendait la commande de son client, il a passé un bras autour des épaules de celle-ci en lui donnant un baiser sur la joue comme à une petite fille qu'il devait protéger. Elle lui a souri avec une expression où flottait encore vaguement le rictus de ses sanglots. Sans que je sache bien pourquoi, la scène m'a profondément remué. Comme si je ressentais en moi-même l'émotion du combat de ce frère et de cette sœur contre un monde ennemi dont la cruauté et la méchanceté constituaient le pain quotidien. Dora Estela est revenue bavarder avec moi, debout, la main posée sur la table où s'étalaient les couleurs agressives d'une publicité pour la bière que nous étions condamnés à consommer.

» — Comment le trouvez-vous ? m'a-t-elle demandé, curieuse.

» — Parfait, lui ai-je répondu, on voit que c'est un type bien, et puis il connaît la Bourdonnante et son histoire comme sa poche. Je crois qu'il me sera très utile. Je suis très content de pouvoir compter sur son aide. Vous ne vous ressemblez pas beaucoup. On ne dirait jamais que vous êtes frère et sœur.

» Elle a souri, sans parvenir à adoucir ses traits de contrebandier basque :

» — C'est vrai. Lui, c'est le joli garçon de la famille. Il tient de ma mère qui, à ce qu'elle dit, descend d'Espagnols. Son nom de famille est Almeiro et personne ne s'appelle ainsi dans la région. Moi, je tiens de mon père. On n'y peut rien, n'est-ce pas ?

» Je lui ai répondu que je ne la croyais pas défavorisée dans le partage, sur quoi elle a haussé les épaules avant de regagner le comptoir, d'une démarche qui faisait valoir la double et nette fermeté de ses fesses de gymnaste.

» Nous sommes partis au petit jour : le soleil s'annonçait par une fragile frange orangée qui dessinait les crêtes de la Cordillère. Vous avez sûrement expérimenté cette vague inquiétude que l'on ressent quand on part à ces heures-là pour un lieu inconnu. L'obscurité opaline des petits matins tropicaux a je ne sais quoi d'angoissant. Les choses, le monde et ses créatures manquent de contours précis, d'une présence palpable, et leur proximité semble relever de finalités incantatoires qui appartiennent davantage au monde du rêve que nous n'avons pas encore complètement quitté. Eulogio, avec ses interminables silences, contribuait à cette impression étrange. Il m'avait confié une jument placide, et lui-même montait un cheval fatigué par d'innombrables randonnées sur les chemins abrupts de la Cordillère. De fait nous avons passé la matinée à gravir un chemin que la saison des pluies devait transformer en torrent tumultueux. Les grandes pierres de son lit rendaient l'ascension particulièrement laborieuse. Mais vers midi, comme je pensais que nous allions continuer jusqu'au plateau dont on apercevait déjà les coulées de neige à travers la rude végétation de l'altitude, nous avons commencé à redescendre par des lacets que le passage des bêtes avait rendus plus escarpés encore et plus difficiles. J'ai demandé à mon guide pourquoi tout le monde parlait de monter à la mine, alors que nous étions en train de plonger vers une combe dont le fond était masqué par la végétation et par le brouillard épais.

» — Les gens ont l'habitude de dire cela parce qu'il y a d'abord plusieurs heures de montée. En fait la mine est au creux de cette vallée. Pas très loin, sur le bord du ruisseau, nous avons une petite plantation de café. Et nous menons paître le bétail sur le plateau d'Acure.

» Nous avons continué notre descente jusqu'à la nuit qui, dans ces parages, tombe très tôt et soudainement. Parvenus au lit du ruisseau qui coulait dans le fond de cette faille, nous l'avons suivi en pénétrant dans des fourrés où régnait une chaleur humide, une atmosphère lourde d'odeurs végétales qui évoquaient ce qu'avait dû être le sixième jour de la création. De temps à autre nous faisions se lever des nuages de lucioles légèrement bleutées qui se perdaient derrière nous parmi les lianes et les plantes parasites tombant des grands arbres. Les grillons et les grenouilles lançaient sans relâche leurs appels obstinés, cadencés, lancinants. On eût dit qu'ils annonçaient notre venue à quelque personnage caché là-bas, au fond de la vallée. Il fallait, pour traverser cette forêt épaisse, suivre une piste difficile à repérer dans l'obscurité, et ce n'est que tard dans la nuit que nous sommes enfin arrivés dans une clairière où l'eau formait une retenue en laissant entendre le sourd bouillonnement qui l'agitait dans son repos. Sur la rive, on pouvait distinguer une cabane au toit à moitié effondré, envahie par des plantes grimpantes dont les fleurs d'un bleu intense semblaient avoir été disposées là à dessein pour produire un effet dont la lumière de la lune rendait le mauvais goût encore plus éloquent.

» — Nous y sommes, patron, m'a indiqué Eulogio. La mine est juste derrière, au pied de l'escarpement. Nous irons la voir demain. Pour l'heure il faut nous reposer.

» Nous avions apporté une lampe Coleman qu'Eulogio a allumée pour entrer dans la cabane. Nous avons étendu sur le sol les couvertures de nos chevaux en guise de matelas. Je me suis glissé dans un sac de couchage que j'ai toujours avec moi, souvenir du temps que j'ai passé en Alaska. Eulogio est ressorti desseller nos montures et prendre un peu d'eau pour faire du café. La cabane, toute ruinée qu'elle fût par le travail de la montagne qui l'envahissait, conservait encore les restes d'un foyer et quelques étagères fixées aux murs dangereusement inclinés. J'étais déjà endormi quand Eulogio s'est approché de moi avec le café. Sans me réveiller complètement, j'ai bu l'infusion épaisse et intensément parfumée qui m'a tout de suite procuré une sensation de bien-être. Il a vaguement parlé de manger mais j'étais déjà plongé dans le noir et profond sommeil de la fatigue.

» Un vacarme immense et assourdissant m'a réveillé en sursaut. J'ai cru que j'avais dormi très longtemps. Le jour se levait à peine et tous les oiseaux de la montagne s'étaient lancés à l'unisson dans un chœur désordonné et frénétique. Eulogio était déjà debout et préparait le déjeuner avec des gestes posés d'officiant. Il avait mis à chauffer des tranches de pain de maïs sur une plaque de tôle ronde qu'il avait découverte, m'a-t-il dit, sous les braises de la nuit. Nous nous sommes rafraîchi la figure dans le ruisseau dont les eaux glacées et transparentes m'ont rappelé Virgile et les classiques.

» — Allons visiter la mine, a dit Eulogio. Prenons la lampe, nous pourrons entrer à l'intérieur sans problèmes. Tenez ça à la main, pour le cas où un animal s'y serait réfugié — et il m'a tendu une machette semblable à celle qu'il tenait lui-même.

» De l'autre main il portait la lanterne éteinte. Nous avons quitté la clairière et nous nous sommes dirigés par la montagne vers la falaise qui se dressait, imposante, et allait se perdre dans le ciel chargé de nuages bas et échevelés. Quand nous avons été au pied de celle-ci, nous avons vu une plate-forme posée sur des troncs consolidés par de grandes pierres, et servant de terrasse à trois entrées plus hautes que la taille normale d'un homme. Tout avait un tel air d'abandon que même le plus enthousiaste des visiteurs, face à cet ouvrage mort qu'il s'était imaginé pouvoir remettre en activité et que le vent parcourait avec un gémissement à la fois enfantin et lugubre, ne pouvait que se sentir découragé.

» — Il faut commencer par la galerie de gauche, elle communique plus loin avec les deux autres. L'entrée de celles-ci est pleine de trous qui rendent le passage aventureux, a indiqué Eulogio en allumant la lampe et en réglant le tirant d'air pour obtenir le plus de lumière possible de la mèche de soie calcinée.

» Je ne suis pas sujet à la claustrophobie et j'ai passé des mois dans la cale d'un navire, mais les espaces fermés me procurent toujours une impression de catacombes, de rite funéraire, de retour à l'inconnu, qui me démoralise et mine les quelques réserves de curiosité qui me restent. Les dimensions intérieures de la longue galerie que nous parcourions ont tout de suite attiré mon attention.

» — Nous allons d'abord reconnaître les galeries, après quoi je vous montrerai quelques particularités du terrain qui peuvent fournir des pistes intéressantes.

Vous ne devez pas avoir peur de cette humidité qui suinte des parois et du plafond. Au contraire, c'est quand elle disparaît brusquement et quand l'air devient sec que commencent les problèmes. Ici, ça n'arrive pratiquement jamais.

» Et il a ainsi continué à me familiariser avec le lieu, en montrant une maîtrise de soi qui m'inspirait de plus en plus confiance, dans la perspective du travail que je comptais faire à la Bourdonnante. Quant à ce nom qui m'avait jusqu'alors intrigué, il m'apparaissait, maintenant que j'entendais la plainte persistante du vent dans l'obscur labyrinthe des couloirs souterrains, non seulement approprié et juste, mais trop évident et même un peu simplet. J'en ai fait la remarque à Eulogio qui m'a dit que toutes les mines font ainsi produire au vent qui parcourt leurs galeries un son particulier, que les mineurs savent reconnaître et, souvent, déchiffrer à leur façon.

» Après avoir tourné plusieurs fois à droite et à gauche, nous avons aperçu une clarté grandissante. C'était celle de l'entrée centrale. Nous allions gagner celle-ci quand

Eulogio s'est arrêté et m'a montré sur le côté gauche un passage conduisant à ce qui semblait être une autre galerie, mais bouché par des pierres entassées en désordre.

» — On dit que c'est ici, a-t-il expliqué, qu'ont été enterrés les Anglais, ainsi que les ouvriers et les femmes qui travaillaient avec eux. Cette galerie est la seule qui descende profondément sous terre, et elle avait été creusée pour suivre une veine dont on dit aussi qu'elle promettait beaucoup. Au commandement militaire, les dossiers et les rapports concernant le massacre ont été brûlés. Même après tant d'années, les militaires ne veulent pas qu'on parle de cette affaire. Je vous le dis, parce que si vous allez à la capitale de la province pour les permis d'exploitation, ils vont essayer de vous tirer les vers du nez pour vérifier ce que vous savez. Comme il s'agissait d'étrangers, l'affaire a fait beaucoup de remous et on n'en a que trop parlé à leur goût. Il faudra vous borner à demander vos papiers et faire comme si vous n'étiez au courant de rien. Ici les gens sont teigneux. Vous vous en apercevrez.

» A mesure que j'en apprenais davantage sur la Bourdonnante, je passais par des hauts et des bas, pris entre un découragement largement justifié et l'illusion, pas toujours très évidente, que tout se passerait bien. Mais, curieusement, j'avais l'impression de vivre quelque chose de transitoire et d'anecdotique, comme si l'intérêt que je portais à l'affaire ne mettait pas en jeu les ressorts intérieurs qui seuls me poussent ordinairement à de telles entreprises. Vous êtes déjà certainement au courant de mon voyage sur le río Xurando à la recherche des scieries, du bordel de Panama* ou de mes folles navigations sur la Méditerranée et dans les Caraïbes pour des trafics qui n'étaient pas toujours protégés par la loi. A chaque fois, je m'étais lancé sans réserve, je m'étais impliqué tout entier, j'avais vécu cela comme la grande prouesse de ma vie. Dans cette affaire de mines, ce n'était pas pareil. Du moins au début, car par la suite mon attitude à son égard a changé du tout au tout, et je vous dirai en temps utile comment et pourquoi cette aventure-là fut telle-

* Voir *La Neige de l'Amiral*, et *Ilona vient avec la pluie.*

ment différente des précédentes. Mais peut-être vous sentez-vous fatigués et préférez-vous que je poursuive un autre jour ?

Nous lui répondîmes qu'il n'était pas si tard et que nous l'écoutions avec un intérêt croissant. La bouteille de bourbon était vide. J'allai en chercher une autre, je renouvelai la glace, et nous priâmes el Gaviero de continuer son récit. Dans les nuits d'été californiennes, le temps s'étire comme une substance élastique et complaisante, idéale pour savourer les confidences d'un conteur qui dispose comme Maqroll d'un arsenal de récits capable de mener son auditoire d'étonnement en étonnement jusqu'au petit matin.

— Les réveils dans la cabane, poursuivit el Gaviero, ne me prenaient plus au dépourvu comme le premier jour. Au contraire, il y avait dans le vacarme soudain des oiseaux une sorte d'hymne joyeux aux merveilles matinales du monde qui me comblait de plaisir. J'en venais à l'écouter comme s'il s'adressait tout particulièrement à moi pour me donner du courage dans mon exploration souterraine du monde ténébreux de la mine. Eulogio était, comme je l'avais prévu, un guide et un conseiller tellement indispensable et tellement utile que je m'étais rapidement convaincu que, sans son aide, je n'aurais même pas réussi à pénétrer dans la Bourdonnante. J'ai consacré les travaux et les jours qui ont suivi notre arrivée à déterminer, avec une certaine précision — sous réserve encore d'examens ultérieurs plus poussés —, les points où cela valait la peine de vérifier la présence du filon aurifère. Nous les avons balisés avec des pierres, mais de manière à ce que nul intrus ne puisse déchiffrer notre travail.

» — Plus personne ne vient ici, a expliqué Eulogio, mais il vaut mieux que nous soyons les seuls à pouvoir reconnaître les repères. On ne sait jamais. Chaque pierre doit se trouver exactement à trois mètres au nord de l'endroit qui nous intéresse. C'est un truc que j'ai appris de messieurs qui sont passés par ici voici quelques années et qui ne sont jamais revenus.

» Nous avons donc procédé ainsi et, au bout d'une semaine, nous avons repris la direction de San Miguel pour aller y acheter divers outils indispensables. Il était nécessaire de prélever des échantillons de la roche et de les soumettre à des épreuves chimiques très simples que nous avions l'intention de faire sur place, afin de ne pas attirer l'attention. Sur le chemin du retour, arrivés à l'endroit où s'achevait la montée abrupte que nous avions empruntée à l'aller, Eulogio a pris congé de moi. Il devait retourner à sa finca pour payer les péons et marquer un troupeau. Il m'a laissé la jument qu'il m'avait prêtée en me recommandant de la mettre à paître dans le terrain qui se trouvait derrière le café. Il y avait chez ce frère de la Conseillère une droiture naturelle, une façon sereine et mesurée de faire les choses et de manifester ses opinions, qui me paraissaient surprenantes pour quelqu'un qui savait à peine lire et écrire et qui avait subi toute sa vie la fatigue abrutissante des travaux des champs. Une autre de ses qualités, que j'allais bientôt apprécier, était sa manière positive et concrète de juger tout ce qui concernait l'exploration et l'exploitation de la mine, attitude qui devait se révéler utile pour modérer les élans et les spéculations échevelées qui s'éveillèrent en moi aux premiers résultats de nos recherches. A mesure que je connaissais mieux Eulogio, j'apprenais à découvrir chez sa sœur certaines de ses qualités, même si elles n'étaient pas aussi évidentes du fait de son sens particulier de l'humour et de son ironie teintée d'un désir bien féminin de faire ressortir les faiblesses de son interlocuteur, surtout si celui-ci était un homme. J'ai connu, depuis cette époque où je fus chercheur d'or dans la Cordillère, bien d'autres horizons, tous fort différents, et j'ai rencontré des êtres de races et de conditions très diverses, mais jamais je n'ai pu oublier ce frère et cette sœur qui, tout le temps qu'ils me prêtèrent fermement aide et amitié, m'ont donné une leçon d'étonnante maturité et d'indépendance de caractère, vertus par lesquelles les habitants de ces régions ne se distinguent pas précisément. Vous savez de quoi je veux parler.

» Au café, Dora Estela m'attendait, curieuse de ma visite à la Bourdonnante et de mon opinion sur son frère. Je lui ai tout raconté par le détail et elle s'est montrée fort satisfaite de ce que je pensais d'Eulogio. Elle a mentionné de nouveau ses difficultés d'élocution, et elle a été très heureuse quand je lui ai dit qu'il s'agissait d'un homme qui réfléchissait avant de parler, et non du contraire comme il est d'usage dans ces contrées. Le café était le théâtre d'une agitation inhabituelle. J'avais repris ma table, que j'occupais dès le matin, car rester dans ma chambre ne me mettait nullement à l'abri du vacarme qui y était aussi intense que dans la salle. De nouvelles serveuses étaient arrivées, de quelque province éloignée, comme en témoignaient leur peau tabac foncé et leurs hanches généreuses qui évoquaient le sang africain des gens du littoral. Elles parlaient d'une voix forte en avalant les lettres, surtout les “ s ” et les “ r ”. Leur ton désinvolte et le plaisir qu'elles prenaient à parler avec tout le monde, au milieu de rires et d'exclamations souvent sans raison qui résonnaient comme des explosions soudaines d'une joie plus affectée que naturelle, avaient complètement changé l'atmosphère du lieu. Finis les disques. Les nouvelles venues se chargeaient de chanter tout le temps, en allant de table en table pour s'occuper des clients. Dora Estela accueillait cette nouvelle ambiance en manifestant un déplaisir où se mêlaient la crainte de la concurrence et le caractère réservé et mesuré des gens de la Cordillère. Cette méfiance, qui se transforme souvent en rejet pur et simple, je l'ai notée dans bien d'autres régions du monde. En Asie, par exemple, elle est si fréquente que l'on doit faire très attention, lorsqu'on fait la connaissance de quelqu'un, à ses origines, et qu'il vaut mieux tâcher de se renseigner auparavant sur celles-ci.

» La Conseillère m'a indiqué le magasin où acheter les instruments nécessaires pour prélever des échantillons de roches, et la pharmacie où commander à la capitale, si je ne les y trouvais pas, les produits pour analyser ceux-ci. Quand tout a été réuni, j'ai envoyé un message à Eulogio en lui confirmant mon retour à la mine le jour convenu. Cette fois, le chemin m'a paru plus court et moins escarpé. En arrivant à la clairière j'ai ressenti une sensation de soulagement et, de nouveau, l'impression de pénétrer dans une atmosphère chargée de réminiscences classiques. En y repensant pendant la nuit, je me suis rendu compte que le lieu me rappelait les paisibles étendues aquatiques sur les rivages desquelles Don Quichotte bavardait avec Sancho Pança en évoquant les âges d'or d'un passé légendaire. Peu après, Eulogio a fait son apparition. Il amenait une mule chargée de fournitures suffisantes pour un séjour prolongé dans la mine. Quand je lui ai parlé de payer ces provisions, il m'a répondu :

» — J'ai tout noté. Quand nous conviendrons de mon salaire, nous ferons le total et nous n'aurons qu'un seul compte. C'est mieux comme ça.

» J'ai encore apprécié le bon sens de mon guide ainsi que sa manière juste et mesurée d'évaluer son travail et les services qu'il était appelé à me rendre. Comme le jour commençait à s'obscurcir, nous avons renvoyé notre exploration au lendemain et nous nous sommes allongés dans l'herbe pour manger la viande séchée agrémentée de tranches de manioc frit et de morceaux de bananes bouillies qu'il avait apportés de la ferme. Il m'a dit que c'était sa femme qui les avait préparés. C'est ainsi que j'ai appris qu'il était marié. Je l'ai questionné sur sa famille et il m'a raconté qu'il avait deux enfants, l'un de dix, l'autre de cinq ans. Il avait connu sa femme pendant son service militaire, qu'il avait fait dans une province du Sud. Elle était très jeune et, a-t-il ajouté, elle gardait une incurable timidité due à son accent qui faisait rire les habitants de San Miguel. Les silences d'Eulogio entre mes questions et ses réponses diminuaient à mesure que nous apprenions à mieux nous connaître ; notre conversation finissait même par prendre un cours presque naturel. Contrairement à sa sœur, il manquait complètement de ce penchant pour l'humour et l'ironie qui faisait de Dora Estela une interlocutrice avec laquelle il était préférable de ne jamais baisser tout à fait la garde. Cependant le sérieux d'Eulogio n'empêchait pas ses jugements sur les individus d'être d'une causticité qui faisait mouche.

» Plus tard dans la nuit, le murmure du

ruisseau et le silence impressionnant de la montagne ont fait revenir en moi l'image de Cervantès dont j'ai parlé tout à l'heure. Etrange sensation, au pied d'une mine où semblaient dormir plus d'une tragédie et des mystères qui la revêtaient d'un halo de sombre désolation.

» Aucun des échantillons que nous avons prélevés le lendemain pour les examiner à la lumière du jour ne semblait indiquer une veine riche en minerai. D'après mon compagnon, dont l'avis concordait avec celui de mes manuels, cela ne valait pas la peine de les analyser plus avant. Depuis ma première visite, j'avais contracté une idée fixe qui me travaillait avec une insistance croissante. Il s'agissait de démolir le mur de pierre obstruant la galerie où l'on disait que reposaient les restes des travailleurs fusillés, et de chercher les affleurements qui pouvaient se trouver en cet endroit. Quand j'ai fait part de mon intention à Eulogio, celui-ci, à ma grande surprise, ne s'est pas montré opposé en principe à cette idée. Ses objections étaient davantage d'ordre pratique. A deux, bouger ce mur n'était pas facile. Je lui ai proposé de faire un essai et, comme je l'escomptais, le travail s'est révélé moins dur que prévu. Deux jours plus tard, l'entrée était dégagée et nous pénétrions dans le boyau avec la lampe Coleman. Nous avons consacré de longues heures à examiner les couloirs qui étaient beaucoup plus ramifiés que dans les autres galeries. Nous avons trouvé de nombreux vestiges d'une machinerie abandonnée, rongée par la rouille et presque impossible à identifier. Il n'y avait pas trace de restes humains. Le lendemain, nous sommes revenus explorer le site et à aucun moment nous n'avons trouvé le moindre indice que la terre ait été remuée, la moindre trace d'explosion. Au contraire, le lieu paraissait mieux conservé, les parois plus solidement étayées, le sol plus soigneusement aplani, et l'escalier descendant au-dessous du niveau de la galerie établi avec un plus grand souci des finitions. Nous étions sur le point de sortir quand Eulogio a découvert des repères qui rappelaient ceux que nous avions nous-mêmes laissés dans les autres souterrains. Nous nous sommes arrêtés pour les examiner et nous avons constaté qu'en effet, ils indiquaient des endroits qui devaient receler quelque chose d'intéressant. Dans l'espace réduit où se trouvaient ces repères, il devait être facile de déterminer ce qu'ils indiquaient : il suffisait d'éliminer systématiquement les hypothèses les unes après les autres. Le lendemain, nous nous sommes attelés à cette tâche et, là encore, le frère de la Conseillère s'est montré habile à se mouvoir dans cet univers abstrait et complexe, semblable à celui que maîtrisent les joueurs d'échecs et qui m'éblouit toujours, peut-être parce je suis moi-même complètement démuni de dons en la matière. Nous n'avons pas tardé à localiser les points où, après un grattage superficiel, nous avons dégagé les affleurements de ce que nous supposions être le filon. Ils avaient le même aspect que ceux que nous avions trouvés dans les autres galeries. Nous avons néanmoins prélevé nos échantillons et nous sommes sortis pour les examiner. Il s'agissait de roche calcaire sans la moindre trace des éléments qui annoncent la présence du minerai.

» — Il y a là quelque chose de vraiment étrange, patron, a commenté Eulogio, déconcerté, car l'histoire des fusillés par la garde rurale n'a rien d'un conte. Personne ne pourrait inventer une chose pareille. D'ailleurs un de mes cousins et sa femme, qui était aussi une parente à nous, sont morts dans ce massacre en laissant trois enfants en bas âge qui vivent chez mes parents. Je suis convaincu que ces gens sont bien enterrés ici, et que cette galerie n'a été bouchée que pour créer une fausse piste. J'ai toujours entendu dire que la veine de minerai se trouve à l'endroit où ils ont enterré les corps. Il faut toujours se méfier de l'imagination quand il s'agit de mines, mais cette histoire-là, je l'ai toujours entendue et je n'ai jamais rencontré personne qui la nie ou la mette en doute. Tout ce que nous avons trouvé ne vaut rien. Les gringos et tous les autres qui sont passés par ici l'avaient trouvé avant nous. Ou nous cherchons ces pauvres défunts, ou alors nous repartirons comme les autres, les mains vides. Vous verrez.

» Je n'ai su que répondre à l'argumentation de mon guide. Mais, sous sa logique imparable, se dissimulait une conclusion qui m'inspirait un malaise et un découragement faciles à comprendre : je n'étais pas venu à la Bourdonnante pour y chercher des morts mais pour y trouver de l'or. Derrière cette affaire me guettaient des complications que j'avais déjà connues dans mon voyage sur le Xurando et je n'avais absolument pas envie de revivre semblable épreuve. Comme vous le savez — et ici Maqroll se tourna vers moi —, les militaires et moi nous ne nous entendons guère, nous ne parlons pas le même langage, et bien sûr c'est toujours moi qui risque d'y laisser ma peau. Pour les militaires, nous les civils nous représentons ce que les ingénieurs appellent une quantité négligeable.

» — Nous n'allons pas demeurer là à nous croiser les bras. Il faut prendre une décision, ai-je dit à Eulogio, davantage pour le tirer de l'inertie dans laquelle l'avaient plongé nos échecs que dans l'espoir de trouver vraiment une solution.

» Il s'est enfoncé dans un de ses silences

de mort en continuant à broyer la pierre comme s'il voulait en extraire la réponse dont nous avions besoin. Un long temps a passé, puis il a relevé la tête et regardé le fond de l'eau transparente :

» — Il faut rester. Ce que nous avons fait, les autres l'avaient déjà fait. Ce qu'il faut, c'est trouver le moyen de vérifier si le filon existe ou non. Oubliez les défunts. C'est une autre histoire. Nous ne sommes pas sûrs que le filon et eux soient au même endroit. Après tout, il est quand même possible que toute cette saloperie ne soit qu'une invention. Je ne sais pas comment vous expliquer ça, mais quelque chose me dit que nous devons continuer. Vous ne ressemblez pas du tout aux autres, aux hommes avec qui je suis déjà venu. Vous, on dirait que vous venez de plus loin, que vous savez voir des choses plus compliquées. Je ne sais pas pourquoi, mais c'est différent. Il y a quelque chose, enfin, je ne sais comment dire.

» Puis il s'est de nouveau abîmé dans le silence qui lui servait de refuge et n'a plus dit un mot de la journée.

» Il y avait dans les paroles de mon compagnon une conviction qu'il ne parvenait pas à exprimer simplement. Cette conviction était liée à ma personne : ce qu'il sentait chez moi lui inspirait une certitude confuse, voire une sorte de prémonition qui le poussait à poursuivre nos recherches. J'ai décidé de le prendre au sérieux et d'attendre la suite. Nous avons consacré les jours suivants à étayer des parois, à élargir plusieurs corridors reliant les galeries entre elles et à essayer de combler les trous remplis d'eau qui empêchaient la circulation dans celle du centre et celle de gauche. Certains de ces trous atteignaient plus d'un mètre de profondeur et nous avons consacré beaucoup de temps à charrier la terre pour rendre ces passages praticables. Je crois le moment venu de bien préciser que je n'ai jamais été sensible à la fascination du surnaturel, des mystères ou de l'ésotérisme tels qu'on les rencontre un peu partout. Il me semble que ce que nous portons en nous-mêmes, et qui nous est apparemment familier et connu, recèle suffisamment de problèmes et de vastes espaces indéchiffrables pour que nous n'ayons pas à en inventer d'autres. Dieu, tout au moins en ce qui me concerne, choisit des voies plus claires et plus faciles pour manifester sa présence. Que parfois nous ne sachions pas les voir, c'est une autre histoire. Je ne pense pas beaucoup à lui et ce n'est pas là ma préoccupation première. Assumer la vie de chaque jour retient toute mon attention et ne me laisse pas de temps pour de plus hautes spéculations. Ce qui s'est passé à la Bourdonnante appartient au monde de la logique la plus stricte. La seule chose que l'on pourrait y relever d'inquiétant, c'est qu'Eulogio, en manifestant ainsi son trouble et ses pressentiments, l'ait vu venir.

» La saison des pluies est survenue à l'improviste et, en quelques heures, le petit lac idyllique sorti d'une églogue de Garcilaso s'est trouvé transformé en torrent de boue, charriant des arbres arrachés, des cadavres d'animaux la gueule sauvagement ouverte et la peau presque entièrement arrachée par les rochers, des débris de constructions et jusqu'à des cages où des perroquets hurlaient leur épouvante. Nous

nous sommes réfugiés dans la mine avec nos affaires et les trois montures que nous avions amenées. Nous avons pris des planches de la cabane pour nous construire un toit et nous protéger de l'humidité, et nous sommes restés là en attendant la fin du mauvais temps.

» — Il faut compter trois ou quatre bourrasques comme celle-ci, a expliqué Eulogio. Après quoi il ne tombe plus guère qu'une averse par après-midi, et tout redevient normal.

» La première nuit, j'ai eu du mal à trouver le sommeil ; en revanche les suivantes m'ont prouvé qu'il était facile de dormir dans la mine, et même que son obscurité absolue procurait un sommeil réparateur. Nous éteignions la lampe très tôt afin d'économiser le pétrole, et je ne pouvais donc plus lire. Un soir, alors que je tendais le bras pour éteindre la Coleman, j'ai senti que tout remuait autour de moi. J'ai d'abord pensé que notre précaire assemblage de planches avait cédé, mais un mugissement sourd venu de sous la terre et une nouvelle secousse m'ont indiqué qu'il s'agissait d'autre chose.

» — C'est un tremblement de terre, a dit Eulogio d'une voix calme. Ne bougez pas. Ce n'est rien. Ne vous en faites pas, cette foutue mine ne s'effondrera pas. C'est fréquent, et ça passe.

» La terre a tressailli encore par deux fois, avec plus d'intensité qu'au début. Eulogio avait raison. Ni les planches qui nous servaient de toit, ni la voûte même de la galerie n'en ont souffert. Peu après, nous avons entendu un bruit qui nous a fortement intrigués et que nous avons attribué à un éboulement dans la vallée. On eût dit qu'un pied gigantesque s'était enfoncé soudain dans un trou de boue ou de glaise mouillée et glissante. Nous avons éteint la lumière et nous nous sommes endormis, pas tout à fait rassurés, mais certains tout de même que notre galerie avait résisté au séisme, ce qui était déjà beaucoup. Au matin, Eulogio m'a réveillé en me secouant doucement l'épaule. Il était déjà habillé et tenait la lampe à la main.

» — Venez, je vais vous montrer quelque chose qui vous intéressera, m'a-t-il dit d'une voix calme mais dans laquelle pointait une nuance d'effroi.

» Je me suis vêtu rapidement et je l'ai suivi en direction de la galerie centrale où nous avions travaillé à boucher les trous d'eau. Une fois arrivés, il a brandi la lampe devant nous, tout en me retenant de l'autre bras. Le sol s'était effondré en laissant à découvert une série de marches qui menaient à un souterrain dont s'exhalait un souffle lourd, une odeur de boue fraîche rappelant celle du linge sale ou de la sueur des chevaux hors d'haleine après une course. Nous avons descendu les marches et nous nous sommes trouvés dans un espace circulaire, forme tout à fait inhabituelle dans une mine. C'était comme une salle de cérémonie, une catacombe insolite sans aucune raison pratique. Eulogio a approché la lumière de la paroi, et des squelettes humains sont apparus, dans des poses invraisemblables. Des haillons de couleur ocre étaient accrochés aux ossements. Les femmes étaient faciles à reconnaître aux lambeaux de robes qui tombaient sur leurs jambes. Quelques squelettes d'enfants gisaient à leurs pieds. Nous avons suivi la paroi : elle était jonchée de débris humains sur toute sa longueur. Certains crânes étaient coiffés de casques coloniaux ; il s'agissait probablement des ingénieurs britanniques qui exploitaient la mine. En haut, le gémissement du vent semblait faire écho au hurlement glacé des crânes dont les maxillaires pendaient dans une grimace grotesque et béante. Nombreuses ont été mes rencontres avec la mort et celle-ci ne garde pour moi aucun mystère. Elle est la fin de l'histoire et c'est tout. Je n'ai jamais été tenté de gloser sur ce sujet et je ne crois pas qu'il y ait grand-chose à en dire. Mais cette mise en scène, la façon dont ces gens, de tous âges et de toutes conditions avaient été disposés, avait un air de farce sinistre, de dérision gratuite et sadique, qui a produit en moi un mélange de colère et de pitié. Nous sommes sortis de là sans faire de commentaires pour aller nous réfugier dans la cabane, au bord de la nappe d'eau qui avait repris sa forme première mais gardait encore une couleur ferrugineuse et opaque. Nous sommes restés un long moment sans parler. Sur la bouche d'Eulogio s'insinuait un rictus nerveux qui pouvait passer pour un sourire, mais qui exprimait en réalité quelque chose de bien différent. Je ne devais pas faire, moi non plus, une figure très naturelle, car Eulogio me regardait par instants avec un air surpris et soupçonneux.

» — Les salauds, les salauds, a commencé mon guide, après un long silence. Mais nom de Dieu, ces gens n'avaient rien fait. Ah, les fumiers !

» Je me suis approché de lui et lui ai posé la main sur l'épaule, sans parvenir à prononcer un mot. En moi-même, je me disais avec une rage sourde qui n'avait personne sur qui se décharger : Maintenant tu peux aller le chercher, ton or. Il doit être là, gardé par les squelettes de ces innocents. N'as-tu donc pas compris la leçon ? Le regard fixé sur le lac, des larmes lui coulant sur les joues, Eulogio poursuivait :

» — Mister Jack doit être là-bas, un vieil homme sympathique avec sa moustache blanche et son nez rouge. Chaque samedi, dès le matin, il prenait une cuite qui durait deux jours. Il buvait sans arrêt à une bouteille qu'il avait toujours à la main. Le soir, il se baignait ici tout nu et il invitait les femmes à l'accompagner. Il avait des enfants partout. Et Mister Lindsé, le contremaître jamaïcain, un nègre bon teint avec toutes ses dents en or. Il les montrait pour faire peur aux enfants quand ils se conduisaient mal. Rude et sévère, mais toujours soucieux du bien-être de ses gens. Et tous les autres. Mon Dieu ! Comment ont-ils pu les tuer comme ça ? C'est impossible de vivre dans ce pays. Ils vont tous nous liquider et personne n'ose bouger, personne n'ose rien faire. Tout le monde est fou, et nous comme eux.

» Il a continué longtemps, une plainte indéchiffrable faite d'imprécations et de souvenirs de ceux qui avaient été ses amis ou ses parents et qui gisaient maintenant dans le cercle éventré de leur sépulture insensée.

» Le soir, la pluie est revenue, insistante et sans trêve. Une bruine légère et tiède qui touchait à peine le sol mais qui créait une atmosphère de chambre des chaudières, épuisante pour les nerfs et ôtant tout courage. Nous nous sommes réfugiés dans la galerie où nous avons fait chauffer un peu de café. Eulogio, déjà calmé mais submergé par la tristesse, meurtri et vaincu, s'est livré à l'examen de notre situation. De toute évidence, nous devions déguerpir le plus vite possible. Tenter quelque chose sur la veine qui pouvait se trouver dans la salle circulaire était impensable. Il ne faudrait parler à personne de la découverte macabre des fusillés. D'autres les découvriraient plus tard, ou alors l'action de l'eau qui commençait à ruisseler sur l'escalier et à le détruire les ensevelirait à nouveau : les marches étaient faites de terre tassée et retenue par des planches. Si on nous questionnait à San Miguel sur notre retour prématuré, nous devions répondre qu'il n'y avait rien là-bas et que nous allions tenter notre chance ailleurs. Il fallait tout ramasser et ne pas laisser la moindre trace, le moindre objet, le moindre indice révélant notre passage. En cas de questions à propos du tremblement de terre, nous devions répondre que nous l'avions à peine senti : nous dormions dans la cabane et le bruit de l'eau nous avait empêchés de rien entendre. Il s'est livré ensuite à une série de considérations sur la conduite des militaires en pareil cas, et je ne pouvais qu'être totalement d'accord avec lui. Le lendemain, nous avons donc réuni nos affaires et nous sommes rentrés à San Miguel. Chemin faisant, Eulogio m'a donné des renseignements sur d'autres sites des environs où l'on avait cherché de l'or et où il y avait, semblait-il, de fortes chances de trouver quelque chose. Les parages et les points situés le long de la rivière qu'il évoquait ne signifiaient naturellement rien pour moi, mais il disait que cela valait la peine d'y aller voir avant de décider d'abandonner la région. Eulogio m'inspirait confiance, et il n'était pas du genre à vouloir me donner de vaines illusions pour me consoler de la fin brutale de mes tentatives à la Bourdonnante, de funèbre mémoire. Je me suis réinstallé dans la chambre au-dessus du café et j'ai repris ma table habituelle au fond de celui-ci. Dora Estela m'a interrogé sur nos explorations et je lui ai fourni les explications convenues avec son frère. Quelque chose me disait que celui-ci lui avait tout raconté, mais je préférais ne pas approfondir. Le patron de l'établissement s'est approché, lui aussi, pour me demander si j'avais besoin de l'argent que j'avais laissé à sa garde dans un coffre-fort encastré sous le comptoir. Je lui ai répondu que le peu que j'avais sur moi me permettrait de vivre quelques jours avant de repartir avec Eulogio à la recherche d'une nouvelle mine. L'affaire commençait à prendre une tournure qui m'était tout à fait familière, et elle s'inscrivait si naturellement dans le fil habituel de mes tribulations et de mes errances que j'avais l'impression de me retrouver dans mon élément, ce qui m'a procuré un apaisement immédiat, fait de résignation indulgente. Je n'avais dépensé qu'une petite partie de mon argent. Je pouvais donc tenter encore une ou deux explorations avant d'avoir à recourir à des expédients extraordinaires. Dora Estela m'a présenté une amie qui a accepté de partager quelques nuits avec moi en échange de la rédaction en anglais des lettres destinées à un amant rencontré dans la capitale. Celui-ci était un ingénieur suédois, venu pour installer des moulins à farine. Dans les lettres qu'elle recevait de lui, il lui parlait de mariage avec l'ineffable candeur que seuls des Scandinaves sont capables de conserver au milieu de leurs calculs luthériens de commerçants impitoyables. C'était une petite blonde bien en chair, à la peau blanche et douce, dotée d'un caractère souriant qui faisait oublier son intelligence limitée, proche parfois de la niaiserie. Au lit, elle compensait cette carence par une façon de s'abandonner qui donnait toujours l'impression que c'était la première fois. Elle s'appelait Margot, ce qui ne lui allait pas du tout, et c'est peut-être pour cette raison qu'elle avait transformé son nom en Marquise, ce qui ne lui convenait pas davantage.

» Au café je m'étais fait quelques amis, surtout parmi les chauffeurs des “ chèvres ”. Tomasito, qui m'avait amené à San Miguel et avec qui j'entretenais des relations très cordiales, me les avait présentés au rythme de leurs passages. Chaque camion portait un nom, et celui-ci reflétait la personnalité de son conducteur. Le seul à faire exception à la règle était Tomasito, dont le camion s'appelait *Maciste*. Quand je lui en avais demandé la raison, il m'avait répondu que son père avait l'habitude de dire de quelqu'un de très costaud qu'il était plus fort que *Maciste*. Il ignorait qu'il s'agissait d'un héros célèbre du cinéma muet dans un film qui se passait dans la Rome de Néron. Quand je le lui avais appris, il n'avait pas apprécié. Il préférait l'image imprécise qui lui rappelait son père. Je ne me souviens pas si je vous ai dit que ces fameuses « chèvres » comportaient, à l'avant, dans le dos du conducteur, deux ou trois rangées de bancs faits de simples planches sans dossiers. Il restait largement de la place derrière, pour le chargement. C'étaient des véhicules d'une résistance à toute épreuve, que leurs chauffeurs, au gré de leur inspiration spontanée, soumettaient à des modifications qui auraient laissé pantois les ingénieurs et les dessinateurs de Detroit. Ce qui est sûr, en tout cas, c'est que ces camions montaient et descendaient pendant de longues années la route sinueuse de la Cordillère sans donner de signes de fatigue. Converser avec leurs conducteurs, individus rudes et durs à l'ouvrage, esprits épris de transhumance, était pour moi un plaisir merveilleux. Chacun de leurs voyages réservait une surprise, une anecdote, un accident qui leur permettait de faire la preuve de leurs capacités d'invention et de patience. Ils avaient un amour dans chaque auberge de la route, depuis les basses terres au climat ardent et à la végétation luxuriante jusqu'aux crêtes de la sierra, où soufflent les neiges tourbillonnantes et les vents glacés sur une végétation rachitique et des arbres tourmentés aux fleurs agressives et inquiétantes. Ils passaient, et laissaient derrière eux des passions dévorantes, des drames de la jalousie dévastateurs et des enfants aux prénoms d'invraisemblables chanteurs de tango. Je garde encore en mémoire les noms de ces inoubliables compagnons de longues séances d'alcool et de souvenirs et ceux de leurs “ chèvres ” héroïques : Demetrio, le propriétaire de *Laisse donc pleurer les autres ;* Marcos, celui de *Je sème à tout vent* ; Saturio, de *L'Ouragan des Andes ;*

Esteban, du *Chéri de Greta Garbo,* et bien d'autres, qui tenaient à proclamer sur leur véhicule un trait particulier et hautement populaire de leur caractère. Quand je discutais avec eux de mes projets de mine, ils essayaient de me dissuader avec des arguments qui étaient les mêmes que ceux que je me donnais en secret : c'était là besogne de gringos, lesquels ont une âme de taupe ; l'or ne servait finalement qu'à engraisser le gouvernement, habiller les putes et enrichir les tauliers.

» “ Celui qui reste toujours au même endroit prend racine comme les bananiers et meurt sans savoir comment la vie est faite ”, me disait Saturio, un métis gigantesque, farceur et querelleur, qui avait tué un mari jaloux qui l'attendait à la sortie d'une auberge, sur le haut plateau désert. Saturio l'avait pris à bras-le-corps et jeté dans le précipice. On n'avait jamais retrouvé le cadavre, parce que la rivière était en crue. Quand je leur racontais ma vie de marin, ils me regardaient, intrigués, et m'interrompaient pour indiquer une ressemblance, une coïncidence ou un détail qui leur rappelait leur propre vie de camionneurs nomades sans port d'attache. Dora Estela ne montrait guère d'enthousiasme pour mon amitié avec des gens dont elle considérait qu'il fallait se méfier, non parce qu'ils étaient malhonnêtes, mais parce qu'ils ne s'arrêtaient nulle part et ne faisaient rien de bon : toujours ce souci de la respectabilité et de la permanence, que ces femmes conservaient à travers les pires épreuves d'une vie dont le dérèglement n'était qu'apparent.

» Un jour, Eulogio a fait son apparition, porteur d'une bonne nouvelle et d'informations sérieuses à propos d'une mine abandonnée, peu éloignée en fait de la rive du cours d'eau où sa famille exploitait une petite plantation de café. Il était déjà venu me voir à plusieurs reprises, quand il descendait livrer du bétail ou le produit de ses cultures. A chaque fois, il me relatait ce qu'il avait recueilli concernant des mines ou des sites propices, mais rien ne lui paraissait suffisamment sûr pour risquer travail et argent. Cette fois l'affaire se présentait mieux, avec des perspectives plus concrètes.

Il m'a proposé d'aller vérifier sur place. Justement, la tentation de nouvelles aventures dans le monde des mines me démangeait. La vie à San Miguel avait pris un rythme routinier dont je commençais à me lasser, en dépit de mes amis chauffeurs ; d'ailleurs ceux-ci s'absentaient souvent et longtemps. Quelques jours plus tôt, Marquise avait reçu une lettre de son promis suédois avec un billet d'avion pour Stockholm. Curieusement, la femme n'avait pas manifesté une joie débordante, elle avait même paru considérer ce changement radical dans sa vie avec de sérieuses réserves. Un matin, Tomasito l'avait conduite à la capitale de la province pour prendre l'avion de Miami, d'où elle devait rejoindre la cité suédoise. Elle pleurait sans arrêt, tout en laissant flotter sur ses lèvres un sourire innocent comme pour demander pardon de ses larmes. Elle savait que je ne la regretterais pas outre mesure, même si cette explosion spontanée, au lit, d'extases à répétition et chaque nuit renouvelées avait quelque chose d'inoubliable. Je m'étais donc retrouvé seul, et je passais des heures plongé dans les démêlés compliqués et passionnants des coteries des royalistes vendéens et dans leurs rencontres féroces avec les Bleus. La richesse des matériaux historiques du livre exhaustif de Gabory me maintenait à deux siècles de distance du vacarme des verres, des jurons et des rires qui régnait dans le café. De temps en temps Dora Estela s'asseyait à côté de moi sans faire de commentaires, ou me donnait des tapes affectueuses sur le bras en me disant :

» — Bon Dieu, vous en avez de la patience, de lire des caractères aussi petits. Vous allez vous rendre aveugle, croyez-moi... Oui, j'arrive ! — et elle repartait servir un client ou rapporter une addition au patron qui surveillait de derrière le comptoir l'épaisse marée humaine de ce lieu sur lequel il exerçait une autorité sans appel.

» A quelques jours de là nous sommes repartis, Eulogio et moi, sur les mêmes montures, avec les mêmes outils et les mêmes provisions que pour la Bourdonnante. Pendant la première partie du trajet, Eulogio n'a pratiquement pas ouvert la bouche. Nous avons suivi la même montée que lors des précédents voyages. Mais, une fois sur la hauteur, nous avons pris un chemin qui descendait le long d'une crête en pente douce vers le ruisseau, et semblait se terminer beaucoup plus loin que notre petit lac bucolique de triste mémoire. Tout en suivant la piste empierrée dont la descente était scandée par des marches, Eulogio m'a donné davantage de détails sur l'endroit où nous allions.

» — Ceci, m'a-t-il expliqué, est l'ancien chemin royal : on dit qu'il va jusqu'à la mer. Je ne le crois pas. Mais ce qui est sûr, c'est qu'on peut le suivre des jours et des semaines durant. Il monte, il descend, et il a été si parfaitement tracé qu'il est toujours en état, comme vous pouvez le constater. Nous allons le suivre jusqu'à demain midi : nous trouverons alors un sentier qui descend à la rivière ; car en cet endroit ce n'est plus un ruisseau et, pour traverser, il faut passer sur le pont des Merles. On l'appelle ainsi parce qu'il y a beaucoup de nids de merles sous le toit de tôle qui le recouvre. Ne vous pressez pas, nous n'aurons pas besoin de dormir à la belle étoile : nous nous arrêterons dans la maison de parents qui cultivent des pommes de terre et des oignons dans les fonds où va mourir cette crête. Demain nous marcherons une demi-journée environ, et nous arriverons directement à l'entrée de la mine. Celle-ci n'a pas de nom. Elle a été creusée voici une cinquantaine d'années par les propriétaires de ce pays. Quand ils sont morts, les héritiers se sont tout partagé et beaucoup d'entre eux ont vendu leur part à des gens d'ici. Ils vivaient dans la capitale et n'avaient pas envie de venir dans une contrée aussi reculée. La génération suivante a liquidé le peu qui restait, et il n'y a plus ici que des petites fermes comme la nôtre ou comme celle où nous allons passer la nuit, qui survivent comme elles peuvent, car elles donnent à peine de quoi manger et payer la semence. La mine faisait partie des biens qui sont allés à une fille des premiers propriétaires. On dit que c'était une dame très belle qui ne s'est jamais mariée et qui vivait à l'étranger. On raconte qu'elle aimait les femmes. On dit encore qu'elle est venue avec un jeune couple : le mari était ingénieur et il a commencé à étudier l'intérieur de l'unique galerie. Un matin, on l'a retrouvé mort au bord de la rivière. On a prétendu qu'il avait perdu pied avec son cheval dans le gué qui traverse la gorge où se trouve la mine. Ce qui est sûr, c'est qu'on n'a vu aucun cheval et que l'homme a été enterré à San Miguel par des messieurs venus de la capitale. Les femmes étaient déjà parties et l'on n'a plus jamais eu de nouvelles de la propriétaire. C'est mon père qui m'a raconté tout cela, il le tenait du sien qui avait été témoin de l'affaire. Il avait trouvé le cadavre désarticulé et à moitié mangé par les vautours.

» Je l'ai interrompu pour lui demander si chaque mine, dans cette région, avait obligatoirement une histoire sinistre. A ma grande surprise, il m'a répondu avec le plus grand naturel :

» — Oui patron, chaque mine a ses défunts. C'est comme ça. Un Indien qui vivait ici et qui était un peu sorcier disait qu'il n'y a pas d'or sans défunt ni de femme sans secret. Mais revenons à notre affaire :

personne, depuis, n'est revenu explorer la mine. Il faut dire qu'elle n'est pas facile d'accès, car elle s'ouvre sur la paroi d'un précipice qui domine la rivière et seul un étroit sentier y conduit : il faut mener les bêtes par la bride et faire très attention. Le vent entre par l'ouverture en faisant un bruit qui ne se tait jamais. Mon père dit que le filon qu'on y a trouvé est bon, mais personne ne s'y est intéressé parce que ça demande de l'argent et qu'ici, comme je vous l'ai dit, nous sommes tous plus pauvres que le diable.

» Je lui ai demandé à qui appartenait aujourd'hui le terrain sur lequel se trouvait la mine et il m'a répondu qu'il n'y avait pas de propriétaire, que ces terres étaient probablement au gouvernement car on avait projeté, à une époque, d'y faire passer une voie ferrée.

» Nous suivions le chemin royal : les dalles soigneusement disposées et les empreintes séculaires laissées par le passage des chevaux évoquaient l'Espagne de Numance et lui conféraient un aspect vénérable. La pierre amplifiait la sonorité majestueuse du pas de nos montures. Le paysage était d'une inconcevable beauté. De part et d'autre de l'arête que nous suivions s'étendaient des petits plateaux bordés de bois apparemment impénétrables, ou des précipices dont montait la clameur des eaux qui dévalaient un lit de rochers gardé par le vol solennel des éperviers. Les cultures qui quadrillaient la surface légèrement ondulée de l'étroite plaine en contrebas évoquaient une parcimonie austère, un travail acharné et bienfaisant, sobrement soulignés par les constructions aux toits de tôle et les maisons aux galeries gaiement ornées de géraniums, avec leurs enclos pour les bêtes et la fumée bleutée qui montait de leurs cuisines. “ Cette terre est bonne, me disais-je, les légendes tragiques des mines semblent être d'un autre monde et ne s'accordent pas avec l'ordre idyllique de cette campagne. ” Comme s'il avait lu dans mes pensées, Eulogio a eu ce commentaire :

» — Beaucoup d'hommes armés sont passés par ce pays, et de tous les bords. Ils tuent, ils rasent tout, et ils s'en vont. On reste, malgré tout, sans bien savoir pourquoi. Nous y sommes nés, on nous y enterrera. Mais il nous arrive parfois de penser que cette terre qui est si bonne éveille la rage de ceux qui n'ont pour elle aucun amour, qui n'ont d'elle aucun besoin, qui veulent seulement qu'elle n'existe pas. Ces hommes sont mauvais. Toujours mauvais. Inutile d'essayer de leur parler. Ils tirent, incendient et s'en vont. Les uns ou les autres, ils se valent tous. En ce moment, c'est calme. Mais pour combien de temps ?

» L'arrivée du soir créait cette atmosphère translucide qui donne l'impression de vivre une parcelle éphémère d'éternité dans la présence soudainement neuve de toute chose. Nous sommes arrivés à la maison où nous devions dormir. Les propriétaires étaient descendus dans la vallée car c'était la saison de la cueillette du café. La femme âgée qui nous a reçus connaissait Eulogio depuis sa tendre enfance et se moquait tout le temps de ses difficultés d'expression. Il prenait la chose avec bonne humeur et, de son côté, la plaisantait à propos de certain amoureux qui demandait encore de ses nouvelles à San Miguel.

Doña Claudia nous a préparé un souper abondant, plutôt lourd à digérer. Une soupe d'orge avec une échine de porc, un plat de pommes de terre à la crème, du riz avec du maïs tendre égrainé, et une grande tranche de viande séchée relevée de piment. Une tasse de café nous attendait sur la galerie d'où l'on voyait descendre la nuit avec une hâte qui dénotait, de la part des puissances qui nous régissent, le sentiment du devoir accompli. Tandis que nous savourions l'infusion brûlante dont l'arôme me rappela aussitôt les cafés bigarrés d'Alexandrie, doña Claudia, debout, interrogeait Eulogio. Elle s'est d'abord enquise de sa femme et de ses enfants, puis de ses terres et du bétail qu'il élevait dans la plaine située au pied du haut plateau désertique. Eulogio répondait par des monosyllabes rocailleux qui m'ont surpris. Avec moi, il s'exprimait plus aisément et ne bégayait presque pas. Il était évident que de parler avec quelqu'un qui le connaissait depuis son jeune âge faisait renaître les difficultés d'élocution qui avaient marqué celui-ci.

» — Et maintenant, où allez-vous ? a

demandé la femme en nous dévisageant avec une vive curiosité.

» — A la mine qui se trouve dans les parages. Nous voulons voir si elle peut donner quelque chose.

» Doña Claudia a hoché la tête d'un air de reproche affectueux avant de faire ce commentaire :

» — Mon pauvre Eulogio, tu es incorrigible. Je ne sais pas qui t'a mis dans la tête cette folie des mines. Il n'y a jamais rien dans ces mines maudites, rien que malheur et ruine. As-tu raconté à Monsieur ce qu'on dit de cet endroit ?

» Eulogio n'arrivait pas à sortir un mot ; aussi me suis-je empressé de répondre :

» — Oui, madame, il m'a tout raconté. La belle dame qui aimait les femmes et la mort de l'ingénieur. Est-ce à cela que vous faites allusion ?

» La femme a eu un mouvement d'assentiment. J'ai continué :

» — Ma vie est pleine de ce genre de disgrâces, madame. Tout cela m'est égal. Je suis marin de profession et je peux vous assurer que chaque bateau a lui aussi son histoire. L'important, c'est seulement de savoir si nous trouverons le filon et si celui-ci contient de l'or.

» Doña Claudia hochait toujours la tête, pour bien marquer que nous étions inguérissables. Elle nous a demandé si nous voulions encore du café. Nous lui avons répondu que non et elle s'est retirée en nous souhaitant bonne nuit. Nous sommes restés encore un bon moment, jusqu'à ce que la fatigue de la route nous fasse gagner nos hamacs dans une chambre du haut dont les poutres répandaient une odeur indéfinissable qui évoquait à la fois l'Orient et les cathédrales. Je me souvenais du Mexhuar de l'Alhambra et du tombeau des rois Fernand et Alphonse dans la cathédrale de Séville. Par un de ces caprices de la mémoire dont il vaut mieux ne pas interroger le secret, j'ai rêvé d'Abdul Bashur, mon cher compagnon d'une si folle entreprise, mort carbonisé dans les débris d'un DC 6 qui a explosé en atterrissant sur la piste de Funchal. “ Les amis qui m'attendent sur l'autre rivage sont déjà plus nombreux que ceux qui me restent sur celui-ci ”, pensai-je, tout en essayant de retrouver le sommeil, pris dans un chœur d'images et d'évocations qui défilaient vertigineusement dans ma tête.

» Nous sommes repartis aux premières lueurs de l'aube. Doña Claudia nous a fait ses adieux après un petit déjeuner substantiel et de multiples recommandations de prudence à propos du sentier qui longeait les gorges pour mener à la mine. Nous avons suivi le chemin royal pendant plusieurs heures et, au moment où il amorçait une descente abrupte vers la plaine que l'on apercevait dans le lointain, nous avons pris une traverse qui nous a rapidement menés au bord de la paroi verticale surplombant les rives des eaux torrentielles, dont la clameur ressemblait au mugissement d'un animal aux abois. A mi-hauteur du précipice s'ouvrait un sentier taillé dans le roc dont l'étroitesse extrême produisait une sensation de vertige assez alarmante. Nous sommes descendus de nos montures pour nous y engager avec prudence. Les sacs chargés d'outils et de vivres frottaient contre la paroi rocheuse et chaque pas de nos bêtes faisait rouler des cailloux dans l'abîme avec un fracas effrayant. Faire demi-tour était impensable, la seule solution était de continuer, toujours plus lentement, toujours plus précautionneusement. Après une bonne heure de ce trajet affreusement épuisant et déprimant, nous sommes arrivés sur une petite plate-forme qui s'enfonçait dans le rocher et conduisait au fond d'une sorte de puits circulaire où tombait, du haut de la falaise, l'eau d'un ruisseau. Le bruit de la cascade brisait une étrange ambiance de recueillement cérémoniel. Tapissé de fin sable blanc, l'endroit offrait suffisamment d'espace pour les chevaux et pour plusieurs personnes. L'eau tombait sans toucher les rochers, d'un seul jet auquel la lumière du soleil à son zénith qui pénétrait à cet instant donnait un aspect métallique insolite. Sur la paroi de gauche s'ouvrait la bouche de la mine, à demi recouverte de fougères dont le vert pâle se détachait dans la pénombre. Nulle brise ne les agitait et l'on aurait presque pu croire qu'elles avaient été peintes sur un inquiétant décor de théâtre. Nous avons étendu les couvertures de nos montures sur le sable et nous nous sommes couchés. Mes jambes étaient raides, parcourues de crampes douloureuses dues à la tension d'avoir, à chaque pas du trajet, longé le précipice et surveillé les bêtes. Nous sommes demeurés longtemps silencieux. Je me demandais pourquoi diable j'avais été chercher de tels risques, si c'était pour finir dans cette grotte où l'on éprouvait une sensation effrayante de rites anonymes, de sacrifices propitiatoires occultes. L'examen de l'entrée de la mine ne faisait qu'accroître l'impression d'absurde, d'insupportable aberration, me dépouillant définitivement de toute illusion, de toute envie d'entrer dans ce monde qui ne pouvait que m'apporter la confirmation de mes vieilles prémonitions, de mes peurs les plus reculées, que j'avais toujours chassées grâce à ma constante errance et à ma volonté farouche de ne jamais m'arrêter longtemps nulle part. L'eau de la cascade coulait paisiblement sur le sable blanc pour aller tomber dans l'abîme en épousant les parois de celui-ci, sans produire d'autre son que celui du doux ruissellement qui contribuait à faire régner en ce lieu une atmosphère d'outre-monde. Nous avons dormi jusqu'au matin, et j'ai noté avec curiosité qu'en dépit de la cascade et de l'eau qui courait à nos pieds, l'air n'était pas particulièrement humide. Peut-être les hautes parois conservaient-elles la chaleur du jour, qui était considérable. Juste avant l'aube, nous avons été réveillés par le chœur strident d'une bande de perroquets qui avaient leurs nids dans le bord supérieur de la grotte.

⁂

Maqroll demeura un moment silencieux, puis il nous dit qu'il laissait le récit des jours qu'il avait passés dans la nouvelle mine pour une autre occasion. Cette aventure était tellement différente des précédentes qu'il ne croyait pas devoir nous la relater tout de suite. Nous allâmes nous coucher, mais nous restions curieux de savoir ce qui était arrivé à notre ami en un lieu si chargé de présages. Dans les jours qui suivirent, j'accompagnai el Gaviero à l'hôpital pour divers examens. Puis nous dûmes attendre une semaine pour en connaître les résultats. Yosip et sa femme nous rendaient visite de temps en temps, heureux de voir leur ami se remettre à vue d'œil. Un jour que nous étions demeurés seuls dans le patio, la femme et moi, celle-ci m'exprima sa reconnaissance pour la manière dont je m'étais occupé de leur ami.

— Il nous a souvent tirés de situations très graves, expliqua-t-elle. C'est un homme très noble, mais il n'accepte pas facilement qu'on l'aide ni qu'on lui rende ses bontés. La dernière fois que nous avons travaillé ensemble, nous étions sur un bateau qui transportait des pèlerins de l'Adriatique et de Chypre à La Mecque. Il était premier maître et partageait la propriété du navire, lequel était enregistré au nom d'Abdul Bashur, un grand ami à lui qui est mort depuis. Encore un homme hors du commun, mais beaucoup plus dur et plus pratique que Maqroll. Pour une question de couchettes que Yosip avait attribuées de façon erronée, une bande d'Albanais s'est ruée sur mon mari, bien décidée à le tuer. Maqroll, qui juste à cet instant descendait dans la cale, a sorti le revolver dont il ne se séparait jamais et a tiré en l'air. Ils ont laissé mon mari pour se jeter sur lui, mais il a prononcé dans leur langue quelques mots qui les ont forcés à prendre une attitude soumise.

Ce n'était pas la première fois que j'entendais de pareilles histoires sur el Gaviero, et pourtant celui-ci ne donnait nullement l'impression d'être un homme porté à se quereller avec qui que ce soit, ni à s'imposer par la force. De toute évidence, il ne le faisait que pour défendre les gens qu'il aimait, et jamais pour son propre compte. Son fatalisme foncier le conduisait à supporter les débordements d'autrui avec indifférence. Dès le premier instant de ma rencontre avec cette femme dans le motel sordide de LaBrea, j'avais été frappé par l'attachement sans réserve, profond, quasi sauvage, qu'elle portait à Maqroll. Ce n'était pas non plus la première fois que je rencontrais une femme qui manifestait à son égard ce genre de loyauté presque canine.

Quand nous allâmes chercher les résultats des examens, le médecin nous annonça qu'el Gaviero était hors de danger. Les lésions qui avaient menacé les organes du fait des fièvres étaient en voie de disparition. Quelques semaines encore et il serait complètement remis. Au sortir de l'hôpital, mon ami haussa les épaules sans rien dire, puis déchira un à un les papiers qu'il tenait à la main et les jeta dans une poubelle. Je voulus l'en empêcher, mais je me retins à temps en pensant que ce serait m'immiscer dans son intimité si jalousement gardée. Nous rentrâmes à Northridge et nous ne parlâmes plus de l'affaire. Nous guettions tous l'occasion qui lui permettrait de reprendre le récit de sa vie dans la mine ; mais personne n'osait le lui demander. Maqroll portait toujours un soin particulier à choisir le moment, l'atmosphère propices, et mieux valait attendre et laisser les choses venir d'elles-mêmes que de courir le risque qu'il se taise à tout jamais. Cette occasion se présenta enfin, un soir que nous étions sortis regarder des étoiles filantes dont la fulgurance vous remuait jusqu'au fond de l'âme. Nous nous étions installés au bord de la piscine. J'allai chercher les bières fraîches dont nous éprouvions tous le besoin pour surmonter la chaleur qui s'était abattue sur la vallée. Maqroll nous raconta que la pluie d'étoiles la plus impressionnante de sa vie était celle qu'il avait vue d'un navire qui attendait son tour pour pénétrer dans le port d'Hodeïda, sur la mer Rouge.

— Elles tombaient sans discontinuer et le spectacle a duré plus d'une heure. Il y avait un arrière-goût de malheur et de fatalité dans ce désastre de mondes qui se transformaient en poussières à une distance incalculable de nos petites vies vaniteuses et anonymes, ajouta Maqroll sur un ton qui permettait d'espérer que, cette fois, il allait renouer solidement le fil du récit de ses aventures de mineur.

C'est ce qui se produisit. Après un bref silence, il poursuivit l'histoire interrompue des nuits auparavant, comme si cet intervalle n'avait pas existé.

— Puisque je viens de parler de la mer Rouge, je me souviens que nous avons laissé inachevée la relation de ce qui m'est arrivé dans la mine de la grotte. Il y a un certain lien entre les deux. Vous verrez pourquoi tout à l'heure. Le matin suivant, donc, nous avons été réveillés, Eulogio et moi, par le vacarme des perroquets et nous avons préparé le café sur un petit réchaud à alcool que doña Claudia avait prêté à mon compagnon. Réconfortés par le breuvage qu'il faisait encore plus fort que ses concitoyens, nous nous sommes ouvert un passage dans les fougères pour explorer l'intérieur de la mine. Après avoir fait quelques pas à la lueur de la Coleman, nous avons vu passer au-dessus de nos têtes une grosse bande de chauves-souris épouvantées qui se sont enfuies vers l'ouverture supérieure de la grotte. Une intense odeur d'excréments nous avait annoncé la présence de ces animaux. Nous nous y sommes très vite habitués et nous avons poursuivi notre progression dans la galerie. Il y avait, là aussi, beaucoup de matériel entassé, rongé par la rouille au point de ne plus être identifiable, et d'outils en pleine décomposition. Nous avons entrepris d'examiner les parois et le sol, patiemment, minutieusement, et au bout de quelques heures nous sommes tombés sur une veine qui nous a paru mériter une étude plus approfondie. Elle suivait l'intersection de la paroi et du sol de la galerie pendant une vingtaine de mètres, puis s'élevait soudain pour se perdre dans le plafond. Nous n'avions pas apporté d'outils, car notre intention était seulement d'inspecter l'intérieur des lieux et de vérifier le nombre des galeries. Nous sommes revenus sur le sable où nous avions élu domicile et nous nous sommes allongés pour nous reposer. Après avoir parcouru tous ces souterrains plié en deux, je souffrais atrocement du dos. Il fallait que je reste un moment couché pour faire disparaître la douleur. Nous avons mangé un morceau et, après une nouvelle tasse de café brûlant, nous sommes retournés dans la mine, cette fois avec les outils nécessaires et une autre Coleman pour faciliter le prélèvement d'échantillons. Quelques heures plus tard nous rapportions ceux-ci, mais la lumière du jour était déjà trop faible pour que nous puissions les analyser.

» — Savez-vous, patron, dit Eulogio, que ce filon a vraiment bonne allure ? Je ne sais pas pourquoi, mais je pense que nous allons avoir une surprise. Il était temps, bon Dieu. Après avoir tant marché et tant gratté, ça serait justice que le sort nous vienne en aide.

» Je lui ai répondu qu'il avait bien raison, mais que pour ce qui était des promesses annoncées par le filon je ne pouvais rien lui dire, vu que je n'y connaissais rien. Nous verrions bien demain. Nous sommes sortis au bord de l'abîme pour profiter un peu de la brise et oublier la lourde atmosphère de sacristie qui régnait dans la grotte.

» Le lendemain, comme l'avait prédit Eulogio, nos échantillons se sont révélés positifs. Toutefois il était nécessaire de les soumettre à un nouvel examen, plus complet, dans un laboratoire de la capitale provinciale et, si celui-ci confirmait notre diagnostic, il fallait encore faire enregistrer la mine au siège du gouvernement afin de pouvoir l'exploiter à notre nom. Eulogio s'est proposé pour faire ces démarches, nanti d'une procuration :

» — Vous, patron, avec votre allure et le

passeport sous lequel vous circulez à travers le monde, excusez-moi de vous dire ça, mais vous n'êtes pas la personne indiquée pour traiter avec ces gens-là. La mine sera mise à nos deux noms. Vous comme premier propriétaire, bien entendu. Mais si vous y allez vous-même, non seulement ils ne vous donneront pas de permis mais ils sont capables de vous expulser du pays. Ils sont vraiment teigneux, et méfiants. Je sais de quoi je parle. Ils voient la guérilla partout, et on ne sait jamais ce qui peut leur passer par la tête.

» Ces arguments de mon guide étaient suffisamment convaincants pour que je lui donne mon accord. Nous avons rassemblé nos affaires, nous sommes retournés recouvrir l'entrée avec les fougères que nous avions déplacées, et nous avons pris nos dispositions pour partir aux premières lueurs du matin suivant. Le sable tiède sous les couvertures de cheval formait une couche accueillante en épousant mollement la forme du corps pour dispenser un sommeil égal et léger. Un peu avant l'aube, cependant, j'ai été réveillé par un son étrange, comme si quelqu'un prononçait au loin un mot indéfiniment répété. J'ai vainement cherché à en deviner le sens, puis j'ai compris que ce son était causé par le vent qui pénétrait dans la grotte, courait le long de ses parois et remontait par l'ouverture supérieure. En passant à l'entrée de la mine, il produisait une modulation qui avait la forme d'une parole dite à voix très basse d'une distance impossible à déterminer. Je me suis rendormi jusqu'à ce que le bruit des bêtes sellées par Eulogio me réveille à nouveau. Je me suis lavé le visage à l'eau du ruisseau. Elle avait un léger goût ferrugineux qui laissait une impression bienfaisante de source thermale. Je l'ai fait remarquer à Eulogio qui m'a expliqué que c'était dû à la richesse en minerais de ces terres, ce qui ne faisait que confirmer son pressentiment à propos du filon que nous avions découvert. Le retour le long du précipice nous a paru plus facile, encore que le fracas du torrent m'ait inspiré de nouveau une frayeur sourde et incontrôlable. Parvenus sur la crête, nous avons suivi le chemin royal jusqu'à la maison des cousins d'Eulogio. Doña Claudia est venue à notre rencontre avec un empressement qui montrait son soulagement de nous voir sains et saufs. Nous avons mangé un morceau et nous sommes allés dormir. Avant de sombrer dans le sommeil, le mot que j'avais entendu dans la mine m'est revenu en mémoire et je l'ai identifié avec une clarté parfaite. C'était " Amirbar ". Comme Eulogio ne dormait pas encore, je lui ai fait part de ma découverte. Il est resté un moment pensif :

» — Oui, je crois que c'est à peu près ce qu'on entend. Mais ça ne veut rien dire, n'est-ce pas ?

» Je lui ai dit qu'en Géorgie cela signifiait " général de la flotte ". Le mot venait de l'arabe " Al-Emir Bahr " qui se traduit par " chef de la mer ". C'est ce qui avait donné " amiral ". Sa gorge a émis un son où se mêlaient l'incrédulité et la commisération. Dès lors nous avons toujours désigné la mine du nom d'Amirbar. J'ai tardé à m'endormir en pensant aux énigmes que nous pose ce que nous appelons le hasard et qui ne l'est guère, mais bien au contraire un ordre spécifique caché et se manifestant seulement de temps en temps par des signes comme celui-ci, qui me laissait une obscure et indéfinissable inquiétude.

» Cette fois encore j'ai réintégré la chambre avec balcon sur la place du village, au-dessus de l'entrée du café. Eulogio a pris le premier camion pour la capitale et j'ai attendu le résultat de ses démarches. Une fièvre étrange commençait à m'envahir par vagues qui allaient et venaient pendant la journée et s'installaient la nuit pour peupler mes songes d'un défilé incohérent d'images récurrentes et obsessionnelles. Le délire morbide des mines manifestait ses premiers symptômes. Je vous l'ai dit l'autre nuit, il n'est pas facile de définir cette sorte de possession qui nous travaille intimement et qui n'a rien à voir avec le désir concret de découvrir des richesses extraordinaires. Ce désir-là n'est pas le motif principal, il y a autre chose de plus profond, de plus indéfinissable. Quelque chose qui est en relation avec l'or, bien sûr, mais seulement parce que nous l'arrachons à la terre, parce que la terre le retient jalousement et ne nous le livre qu'après une dure lutte dans laquelle nous mettons notre peau en jeu. C'est comme si nous voulions tenir dans nos mains, juste une fois, un fragment minuscule et maléfique d'éternité. Cela n'a rien à voir avec le pouvoir que peut exercer une drogue, ni avec la fascination du jeu. Cela tient des deux, mais prend naissance dans les strates les plus profondes de notre être, à de secrètes sources ancestrales qui doivent remonter à l'époque des cavernes et de la découverte du feu. Notre vie change du tout au tout, c'est-à-dire que les clefs que nous avions forgées pour la mener se transforment soudain et nous abandonnent, pour aller affronter le destin ailleurs. Les gens avec qui nous entretenions une relation claire et constante se voilent d'un halo insolite qui émane de notre fièvre incontrôlable et asservissante. Même une vieille habitude qui avait fini par faire partie de notre vie comme, dans mon cas, la lecture, prend un tour différent. Les guerres de Vendée, les embuscades nocturnes, Charette et la marquise de La Rochejaquelein, les Bleus de la

Convention, Bonaparte et Cadoudal, toute cette folle épopée qui s'est terminée dans le néant et que les princes eux-mêmes, objets de tant de sacrifices, n'ont su ni reconnaître ni apprécier, se présentait à moi sous un jour étrange, et les motifs qui avaient animé tant d'héroïsme s'estompaient dans mon esprit pour prendre les aspects les plus inattendus et les plus absurdes. Peu à peu, je me suis rendu compte que je vivais déjà dans la mine, entre ses parois ruisselantes d'une humidité d'outre-monde, où le scintillement trompeur du plus vulgaire fragment de mica me faisait délirer. Dora Estela a décelé immédiatement ces symptômes qui trahissaient le trouble de mon esprit et m'a dit à brûle-pourpoint :

» — Hé, mon garçon ! Vous avez le mal de la mine. Il faut vous en débarrasser, sinon ça va mal tourner. Il ne fait que commencer, mais s'il s'installe vous finirez enfoui dans les souterrains comme une taupe et on devra vous en sortir de force. Ne vous séparez surtout pas d'Eulogio : un peu simple comme il est, le mal ne l'atteint pas. N'allez pas seul dans ce trou, sinon la terre vous avalera.

» Le pronostic de la femme n'était pas très rassurant. Elle parlait avec tant de conviction et d'inquiétude qu'elle a réussi à m'alarmer. J'étais impatient de voir Eulogio revenir, anxieux d'avoir près de moi quelqu'un qui fût à l'abri de l'envoûtement de l'or, quelqu'un que son innocence immunisait contre l'action délétère d'un mal qui menaçait de ravager mon intégrité et le fragile réseau de mes raisons de vivre.

» Le frère de Dora Estela est arrivé, porteur de nouvelles qui ne pouvaient que me plonger plus profondément encore dans ce tourbillon menaçant. Le filon contenait une quantité appréciable de minerai d'or et le permis d'exploitation avait été concédé à Maqroll, alias el Gaviero, titulaire d'un passeport chypriote, ainsi qu'à Eulogio Ventura, natif de San Miguel. La mine avait été enregistrée sous le nom d'Amirbar. Les dés étaient jetés. J'ai expliqué à mon associé les symptômes de la maladie qui commençait à me torturer. Je l'ai fait de la façon la plus directe et la plus simple possible, et il a tout de suite compris de quoi il s'agissait :

» — Ecoutez, patron, m'a-t-il dit, la mine est tellement ingrate qu'elle se chargera elle-même de vous soigner. Si nous extrayons de l'or, il faudra travailler si dur que vous finirez par vous repentir de vous être embarqué dans cette entreprise. Cette fièvre est très mauvaise au début, au moment des premiers succès du travail dans les souterrains, mais elle devient plus facile à supporter par la suite. N'y pensez plus. L'erreur, c'est d'être resté seul ici pendant tout ce temps : voilà ce qui vous a fait du mal. Ma sœur ne peut pas vous aider dans cette affaire : elle hait tout ce qui concerne les mines et en a une peur terrible. Elle tient ça de ma mère qui dit toujours que ce sont choses du diable, lequel est seul à vivre sous terre, dans l'enfer. On va se mettre au travail pour de bon ; ne pensez plus à ces choses. Tout a commencé quand vous vous êtes mis à entendre des mots bizarres dans le bruit du vent de la grotte. Vous vous rendez compte : Amirbar. Où diable êtes-vous allé chercher une bêtise pareille ? Tout marin que vous soyez, vous avouerez que la mer n'a rien à faire par ici.

» Comme je l'avais prévu et comme Dora Estela me l'avait annoncé, Eulogio avait le don étonnant d'éloigner de moi le vertige du délire qui commençait à me dévorer, et de me ramener à une réalité plus facile à supporter. Il avait, je le répète, la vertu des innocents. Les Russes sont très instruits de ces choses. Ils considèrent les simples comme des êtres privilégiés dont la voix doit être écoutée par les autres hommes qui vivent dans la confusion de leurs ambitions et de leurs mesquineries.

» Nous avons décidé de partir le lendemain de bonne heure. Eulogio s'en est allé régler diverses affaires concernant sa ferme et acheter des vivres tandis que, resté seul, j'essayais de me plonger dans les mésaventures du comte d'Artois en Bretagne et sa participation sans gloire à la geste vendéenne. Dans un de ces instants de liberté, la Conseillère est venue à ma table et, me regardant bien en face avec l'intensité d'une pythonisse, elle m'a dit sans détour :

» — Ce qu'il vous faut maintenant, c'est

une bonne nuit avec une femme. Ça fera fuir les fantômes de la mine et vous vous sentirez mieux. Ce soir, après la fermeture, je monterai dans votre chambre pour vous tenir compagnie. Qu'en dites-vous ?

» Sa proposition et la manière abrupte dont elle l'avait formulée m'ont laissé pantois, mais j'ai bien vu qu'elle disait vrai. Je lui ai répondu que je l'attendrais avec joie mais qu'elle devrait être prudente, car son frère dormait dans la chambre voisine. Elle m'a expliqué qu'Eulogio passait la nuit chez une amie qu'il voyait souvent quand il s'arrêtait à San Miguel. Elle est apparue après minuit et, après s'être mise nue en quelques gestes sûrs et rapides, elle s'est glissée dans mon lit avec une souplesse de félin affectueux. Elle était d'une vivacité peu commune dans le plaisir et me prodiguait ses caresses comme s'il s'agissait de me guérir, dans l'intention bien claire de les laisser gravées dans ma mémoire pour qu'elles reviennent exercer leur action bénéfique durant les nuits tourmentées de la mine. Ses longues jambes d'une fermeté paysanne, dont la finesse n'était pas perceptible lorsqu'elle se déplaçait entre les tables du café, se nouaient autour de mon corps avec une agilité qui s'ajustait au rythme d'un plaisir tendu à son paroxysme avec une science alexandrine. Ce que j'ai reçu cette nuit-là de Dora Estela m'a servi plus tard à supporter des épreuves qui auraient pu me rendre fou. Nous n'avons guère dormi et les premières lueurs nous ont surpris dans un enlacement qui était à la fois un adieu et une ultime immersion dans la jouissance pour tenter de vaincre le sourd travail de l'oubli. La Conseillère a rejoint ainsi les femmes à qui je dois cette certitude fraternelle et consolatrice d'avoir laissé une trace dans la mémoire d'êtres qui m'ont donné l'unique raison certaine de continuer à vivre : l'aveuglant témoignage des sens et leur communion avec l'ordre du monde.

» Le retour à la mine s'est déroulé sous le signe de l'enthousiasme. Comme me l'avait prédit Dora Estela, mon obsession s'était calmée pour se réduire à une attente qui ne sortait pas des limites habituelles et tolérables. Cependant, tout au fond de moi, bouillonnait sourdement le germe d'un désordre que je devais apprendre à craindre comme rarement dans ma vie. Les premiers travaux consistaient à canaliser le ruisseau, de façon à pouvoir laver dans le courant la caillasse que nous avions extraite, avant de la faire passer dans un broyeur rudimentaire, acheté par Eulogio à la famille d'un mineur tué voici des années dans un accident de camion. Nous avons installé l'ensemble avec toute la patience et tout le soin dont nous étions capables, pour qu'il remplisse son office sans risques d'interruptions trop fréquentes. Les résultats ont dépassé nos espérances. Un après-midi, nous nous sommes arrêtés pour contempler la petite quantité de poudre d'or et de minuscules pépites qui miroitaient au soleil avec un éclat qui nous laissait silencieux et hypnotisés. Soudain, le doute m'est venu qu'il s'agissait peut-être de vulgaires pyrites. J'ai posé la question à Eulogio, mais celui-ci m'a regardé avec indulgence :

» — Voyons, patron, c'est la première chose qui a été vérifiée sur les échantillons que nous avions prélevés dans le filon. S'il s'était agi de pyrites, nous l'aurions su tout de suite. C'est de l'or, patron, c'est de l'or, et du bon.

» Le résultat n'était pas tous les jours aussi satisfaisant. Nous avons pris l'habitude de peser notre production une fois par semaine. Cela nous évitait de passer quotidiennement par de brèves déceptions qui risquaient de réveiller les spectres du mal que j'avais connu à San Miguel. Lorsque la quantité réunie nous a paru justifier le voyage, Eulogio s'est chargé d'aller la vendre à la capitale de la province, en prenant des précautions que j'ai d'abord trouvées exagérées. C'est alors qu'il m'a raconté comment un mineur, dessinateur connu et caricaturiste politique de talent, avait été assassiné dans une embuscade tendue pour lui ravir l'or qu'il était supposé porter sur lui. En fait, cette fois-là, il n'avait pratiquement rien. Le crime était demeuré impuni et sa mort avait été pleurée par ses nombreux amis et admirateurs. Eulogio m'a également recommandé, dans le cas où l'on nous questionnerait à San Miguel, de nier catégoriquement que nous ayons trouvé de l'or, en disant qu'il n'y avait rien jusqu'à maintenant et que nous pensions abandonner si cela continuait.

» Plusieurs semaines ont passé, au cours desquelles mon compagnon a fait deux ou trois voyages à la capitale. Il mettait l'argent à l'abri dans sa ferme, en un endroit que nous étions seuls à connaître, lui, sa femme et moi. Je pensais être entré dans la routine d'une existence de mineur qui jouit d'une chance relative et d'un avenir apparemment certain. En même temps, certains signes se manifestaient çà et là pour m'indiquer que, comme d'habitude, un changement allait se produire et que j'étais sur le point de me retrouver dans le labyrinthe incertain de mes éternelles mésaventures. J'ai parfois l'impression que tout ce qui m'arrive vient d'une région extérieure et néfaste, ignorée des autres et destinée depuis toujours à moi seul. Je me suis si bien fait à cette idée que je sais jouir des brefs instants de bonheur et de bien-être qui me sont accordés avec une intensité que je crois inconnue des autres mortels. Ces moments-là ont pour moi un rôle réparateur et essentiel. Chaque fois que je les connais, je me sens comme si j'étrennais le monde. Ils ne sont pas fréquents et, naturellement, ils ne peuvent l'être, mais je sais qu'ils finissent toujours par venir et qu'ils m'échoient en compensation de mes disgrâces.

» Un jour, Eulogio n'est pas revenu à la mine. Il était tellement régulier dans ses déplacements et ses activités que j'avais des raisons de craindre une mauvaise surprise. Et en effet, au matin du troisième jour, sa femme est arrivée, les yeux pleins de larmes et en proie à la panique. En luttant contre ses sanglots, elle m'a raconté que son mari avait été arrêté par un barrage de l'armée sur la route, juste avant San Miguel. Il avait été emmené dans la capitale pour y être interrogé. Elle avait essayé d'entrer en contact avec lui, mais en vain. A la caserne, on l'avait menacée de l'arrêter, elle aussi. Toutes sortes de rumeurs circulaient, mais en réalité personne ne savait ce qui se passait. Dora Estela me faisait dire d'éviter à tout prix de descendre à San Miguel, car dans ces cas-là les étrangers sont particulièrement suspects. Pour l'armée, tout nom étranger est synonyme d'agitateur et de propagateur d'idées importées pour conspirer contre le pays. J'ai dit à la femme de mon associé de prendre l'argent que nous avions amassé et de payer un avocat ou quelqu'un d'influent afin d'éclaircir la situation d'Eulogio. Elle a hoché longuement la tête et m'a dit d'une voix étranglée :

» — Non, monsieur, je ne retournerai pas là-bas. S'ils me mettent la main dessus, qui s'occupera de mes enfants et de la ferme ? Je vais voir si Dora Estela veut bien y aller. Mais moi je ne veux pas me montrer. Ces hommes sont capables de tout. Vous ne savez pas.

» Si, je savais. En d'autres occasions et sous d'autres latitudes, j'avais vu et j'avais subi dans ma propre chair la brutalité systématique et sans visage des militaires. J'ai essayé de la consoler comme je pouvais. Elle devait aller voir la Conseillère de ma part et la prier de disposer de notre argent pour essayer d'aider son frère. La femme a acquiescé sans grande conviction avant de reprendre le chemin de la ferme, car elle avait une demi-journée de route devant elle. J'ai arrêté le broyeur, ne pouvant procéder seul au lavage du minerai, et me suis assis au bord du précipice sans savoir que décider. Le fracas des eaux du torrent qui se brisaient contre les grandes pierres me parvenait comme un commentaire amplifié mais éloquent de l'état de stupeur où me laissait la nouvelle de l'incarcération d'Eulogio. Le fait de ne pouvoir agir sur-le-champ, pour les raisons suffisamment convaincantes que m'avait données Dora Estela, me causait un sentiment d'inutilité, de frustration et d'échec qui m'angoissait autant qu'il me paralysait. Je passais en revue toutes les éventualités funestes qui menaçaient mon ami et chacune était pire que la précédente. Je savais, je vous l'ai dit, ce que peut être un interrogatoire mené par ces gens-là. S'ils cherchaient les responsables d'un attentat ou les hommes de la rébellion, la torture était le moyen le plus efficace et le plus courant de découvrir la vérité. Avec ses difficultés d'élocution, Eulogio leur donnerait l'impression de cacher quelque chose. Plus je retournais l'affaire, plus j'étais persuadé que sa vie était menacée. Là-dessus, la nuit est tombée et le vent froid qui commençait à souffler dans la gorge m'a obligé à regagner la grotte. Mon sommeil a été agité, et la voix du vent dans l'entrée du souterrain me répétait avec une insistance délirante ce mot qui me transportait en d'autres régions du monde, où j'avais plus d'une fois connu le danger qui entourait aujourd'hui mon ami : « Amirbaaaar, Amirbaaaar », soupirait le vent avec l'obstination de celui qui veut transmettre un message et n'y parvient pas.

» Une semaine a passé. L'inquiétude grandissante me procurait une sensation presque physique d'oppression et de paralysie qui me mettait au bord du délire. A l'aube du huitième jour, une ombre s'est interposée à l'entrée de la grotte et m'a réveillé en sursaut. C'était une femme de haute taille, les cheveux en désordre, défigurée par la fatigue, qui s'est mise à me parler d'une voix saccadée et rauque que j'ai attribuée à l'épuisement. Je ne pouvais distinguer clairement ses traits ni la forme de son corps et, dans le demi-jour, ses paroles jaillissaient comme les sentences d'une sibylle en transes :

» — C'est la Conseillère qui m'envoie, monsieur, pour vous dire qu'elle a finalement réussi à tirer Eulogio de prison. Avec votre argent elle a payé un avocat qui a fourni des preuves de la bonne conduite du détenu et montré qu'il était vraiment un paysan qui n'avait jamais rien fait contre le gouvernement. Le malheur, c'est qu'ils l'avaient déjà torturé à plusieurs reprises parce qu'il ne pouvait pas parler. Il a les jambes et les bras en morceaux, et il a aussi quelque chose de cassé à l'intérieur car il crache beaucoup de sang et se plaint de douleurs très fortes. Ils lui ont dit de ficher le camp, sans lui permettre de se faire hospitaliser. Il est à San Miguel où le docteur du village l'a plâtré, et on attend de voir comment vont tourner ses douleurs. Il paraît qu'elles sont déjà un peu moins fortes. Il est dans une famille qui le connaît depuis longtemps et, pour l'instant, il n'est pas en danger. Dora Estela vous fait dire de ne pas hésiter, au cas où je pourrais vous être utile à quelque chose. Nous sommes à moitié parentes et elle a très confiance en moi. Moi, je ne vis pas à San Miguel, je suis de plus haut. Je travaille dans un établissement qui se trouve sur le col du Guairo, à l'endroit où passe la route. Tomasito me connaît également et lui aussi m'a parlé de vous. Pensez-y et dites-moi ce que vous décidez. Pour l'heure, je vais me reposer un peu parce que je me suis tapée toute la route à pied, sans m'arrêter, et je suis à bout.

» J'ai éprouvé un immense soulagement de savoir que mon ami n'avait pas été tué, et une rage sourde et impuissante devant la bestialité du traitement dont il avait été la victime innocente, en grande partie du fait de son défaut d'élocution. Je ne savais que décider quant à la proposition de la parente de Dora Estela. J'étais la proie d'une fatigue qui embrumait tout, d'une apathie et d'un dégoût, résultat d'une semaine de tension insupportable qui, en se dénouant soudainement, me laissait comme vidé et sans forces. J'ai dit à la femme que nous verrions plus tard et je suis retourné me coucher sur le sable tiède. Un profond sommeil m'a emporté pour quelques heures loin du théâtre de mes mésaventures pour me déposer dans les eaux sereines, bleu indigo, de la côte malabare. Là je devais attendre, à bord d'une goélette ancrée sur le fond de corail, je ne sais quelle autorisation de débarquement délivrée par une vague autorité qui, à terre, était censée examiner mes papiers. Une grande paix, une indifférence souveraine me permettaient de rester indifférent à la décision des autorités côtières. En cas de refus j'étais prêt à appareiller sans le moindre problème. Dans mon sommeil, ce moi qui demeure en veilleuse et qui enregistre chaque instant du rêve se demandait d'où pouvait bien venir l'indolence sereine dont je jouissais sur cet improbable rivage de l'océan Indien, alors que le présent ne m'offrait qu'embûches et dangers. Au réveil, il était déjà midi passé. J'ai humé la présence insolite d'une odeur de cuisine. Je me suis alors souvenu de la visiteuse matinale et des nouvelles qu'elle avait apportées. La femme avait allumé un foyer contre la paroi de la grotte et remuait dans une marmite un ragoût dont l'arôme indiquait qu'il devait être fait avec des légumes frais, cueillis je ne savais où. La lumière qui venait de la partie supérieure de la grotte tombait en plein sur le visage de la femme. Elle était tout à fait différente de ce que j'avais entrevu dans la pénombre matinale. Elle avait rassemblé ses cheveux sur sa nuque en un épais chignon noir aux reflets bleutés. Ses traits étaient légèrement indigènes, avec les pommettes hautes et les joues creuses. Les lèvres grandes et bien dessinées laissaient voir des dents blanches et régulières qui donnaient une impression de force. Les yeux sombres en amande avaient un air mongol dû à la minceur des paupières et à leur dessin qui suivait la pente des pommettes. Accroupie ainsi sur les talons pour surveiller sa cuisine, son corps donnait une impression de robustesse qui s'accordait avec l'aspect oriental de son visage. Quand elle s'est redressée pour me rejoindre, je me suis rendu compte qu'elle n'était pas aussi grande que je l'avais cru le matin. Ses membres musclés la faisaient paraître plus épaisse qu'elle ne l'était en réalité. Elle était comme entièrement nimbée d'un halo de distance, de léger exotisme, à tel point que j'étais presque surpris de l'entendre s'exprimer en espagnol avec aisance et naturel.

» — Je vous prépare une soupe pour

que vous repreniez des forces, dit-elle. Elle est faite avec des herbes aromatiques, du manioc et des légumes du jardin de doña Claudia. Ça vous fera beaucoup de bien. Vous verrez.

» J'ai pensé qu'il était préférable d'éclaircir tout de suite diverses interrogations soulevées par sa présence. Je lui ai demandé comment elle s'appelait et pourquoi elle offrait son aide et sa compagnie à un inconnu. Le travail de la mine était très dur et déjà difficile pour Eulogio et pour moi. Elle sourit en montrant ses dents et en plissant les yeux d'une manière qui soulignait son air asiatique :

» — Je m'appelle Antonia. Mes parents sont morts quand j'étais encore très petite. Une crue de la rivière les a emportés avec toute la ferme. J'étais descendue au village avec mon oncle et ma tante pour aller chez le docteur parce que j'avais des vers. A l'époque j'aimais beaucoup manger de la terre. Mon oncle et ma tante m'ont élevée. Mais à quinze ans, quand je suis devenue femme, ma tante m'a mise à la porte parce que son mari s'était amouraché de moi. J'ai lavé les plats au café de San Miguel et c'est là que j'ai connu Dora Estela, quand elle est arrivée. Elle m'a dit que nous étions parentes, je ne sais pas de quelle manière, et elle m'a aidée. Une nuit, un chauffeur de camion est entré dans la pièce où je dormais, au fond de la cour, là où sont les chambres les moins chères, et il m'a convaincue, à force de serments et de caresses, de le laisser passer la nuit avec moi. Nous sommes devenus amants et, au bout de quelques mois, il m'a emmenée au col du Guairo : là, il m'a mise au travail. J'ai découvert qu'il était marié et qu'il avait d'autres femmes, dans la plaine et jusque dans le port du littoral. Un jour il n'est pas revenu et je suis restée à travailler pour la patronne de l'établissement qui m'avait prise en affection. Je ne sais si vous la connaissez, elle se nomme Flor Estévez. Elle a un foutu caractère, mais c'est une brave femme. Heureusement, je n'étais pas enceinte du chauffeur. J'ai toujours eu très peur de ça. Une faiseuse de prières de San Miguel m'a dit un jour que si je tombais enceinte je mourrais en accouchant. Dora

Estela est venue me chercher avant-hier et m'a dit d'aller vous aider, le temps qu'Eulogio guérisse. Elle a parlé avec Flor. Je ne sais pas ce qu'elle lui a dit mais celle-ci a donné son accord et me voici. Pour le travail ne vous faites pas de souci, ça ne peut pas être pire que ce que j'avais à faire chez Flor. Mais ce sera comme vous voudrez, il n'est pas question non plus que vous me preniez si vous n'en avez pas envie, parce qu'après ça ferait des complications.

» Mais ici, avant de poursuivre, permettez-moi une parenthèse : c'est ce jour-là que, pour la première fois, j'ai entendu prononcer le nom de Flor Estévez, cette femme inoubliable qui devait avoir une telle importance dans mon existence et m'accueillir bien des années plus tard pour me soigner d'un mal qui était en passe de me tuer, précisément dans cette auberge où avait travaillé Antonia et qui s'appelait " La Neige de l'Amiral * ". Rien de ce qui nous arrive dans la vie n'est fortuit et tout forme une chaîne. Il est bon de le savoir. Sur ce, reve-

* Voir *La Neige de l'Amiral.*

nons à ce qui nous occupe présentement, Antonia et Amirbar.

» Je ne voulais pas répondre à son offre sur-le-champ. La soupe était prête et je l'ai avalée avec voracité. Depuis des jours je ne me nourrissais plus que par intermittence, d'un peu de galette de maïs et de viande séchée. La femme éveillait en moi un sentiment indéfinissable de réserve, de prévention. Ses traits orientaux y étaient certainement pour quelque chose. Mais je sais justement, par les relations que j'ai pu avoir avec des femmes asiatiques dans la péninsule de Malaisie, à Macao et en d'autres endroits semblables, que celles-ci sont d'une confiance absolue et d'une gentillesse modérée mais affectueuse. Son apparition à l'improviste, l'atmosphère de défiance et de crainte dans laquelle je baignais depuis l'affaire d'Eulogio, enfin un je ne sais quoi qui flottait autour d'elle, tout cela me rendait hésitant. Le repas terminé, elle est allée laver la marmite et les plats métalliques. J'avais l'impression qu'elle voulait me laisser réfléchir librement. En fin de compte, j'ai décidé de laisser mes préventions et mes inquiétudes en les imputant à l'arrestation brutale de mon associé, à la physionomie exotique d'Antonia, et à la semaine d'isolement et d'incertitude que je venais de subir. Je me suis résolu à accepter cette aide qui m'était indispensable pour continuer l'exploitation de notre filon. C'est donc ce que je lui ai annoncé à son retour. Elle n'en a manifesté ni plaisir ni surprise, et s'est tout de suite mise à déplier les couvertures d'Eulogio et à disposer près d'elles divers objets tirés d'un grand mouchoir où elle les tenait enveloppés. Elle a installé le tout plus loin que l'emplacement occupé par mon compagnon, marquant ainsi tacitement, mais de façon éloquente, qu'il s'agissait d'une relation de travail et de rien d'autre. Cela m'a un peu rassuré, en calmant les craintes imprécises que j'avais éprouvées.

» La femme s'est montrée une travailleuse infatigable et efficace. Sa manière de laver le minerai qui sortait du broyeur m'intriguait. La cadence et la précision de ses mouvements étaient si remarquables que je n'ai pu me retenir de lui demander si elle avait déjà fait ce travail. Elle m'a répondu que oui, et qu'un Canadien avec qui elle avait vécu une brève saison lui avait appris à laver les sables de la rivière, dans une retenue qui se trouvait en aval de la plantation de café d'Eulogio.

» — Cet homme, a-t-elle ajouté, a été emporté par les fièvres malignes contractées en buvant un vesou pas frais qu'il s'était obstiné à préparer lui-même avec de l'écorce d'ananas cueillis à la pleine lune. Pour faire le vesou, il faut cueillir les fruits pendant la lune décroissante, et à midi. Sinon les œufs de mouches restent vivants et c'est ce qui donne les fièvres.

» Bien entendu, il n'entrait pas dans mes intentions de discuter une théorie médicale aussi peu orthodoxe. D'ailleurs elle l'énonçait avec une conviction qui excluait toute réplique.

» En quelques semaines, nous avions amassé autant que ce qu'Eulogio avait vendu dans la capitale et qui avait été dépensé pour le faire libérer. Antonia s'est proposée pour aller vendre l'or. J'ai acquiescé et j'en ai profité pour rédiger à l'intention de la Conseillère un bref message où je lui demandais des nouvelles de son frère et lui suggérais de me donner plus de détails sur son amie. J'ai décidé d'accompagner Antonia jusqu'à la maison de doña Claudia afin d'y laisser les bêtes qui nous encombraient énormément sans nous être pour l'heure d'aucune utilité. Cela fait, je suis revenu à la mine à pied.

» Antonia a rempli sa mission avec une ponctualité parfaite. Je lui avais recommandé de remettre la moitié de l'argent, produit de la vente, à la garde de Dora Estela. Quant à l'autre moitié, elle pouvait en disposer à sa guise. Elle est rentrée avec une lettre de Dora Estela et m'a dit qu'elle lui avait laissé la totalité de la somme. Je lui ai demandé pourquoi elle n'avait pas suivi mes instructions : elle m'a répondu que sa part était pour Eulogio et qu'elle l'avait bien précisé à la Conseillère.

» — Mais alors tu vas travailler pour rien ? lui ai-je demandé. Cela ne me semble pas juste. Tu fais du très bon ouvrage et tu dois avoir le salaire que tu mérites.

» Elle a plissé les paupières jusqu'à faire

presque disparaître ses yeux et a hoché la tête :

» — Tu ne comprends rien, Gaviero. (C'était la première fois qu'elle me tutoyait, alors que pour ma part je l'avais fait dès le premier instant.) Cet argent appartient à Eulogio, même si je l'ai gagné par mon travail. Ils ont tant fait pour moi, surtout la Conseillère, que je ne vais pas les laisser sans aide juste au moment où ils en ont tellement besoin. Il faut payer le docteur, acheter les médicaments, et la ferme ne rapporte rien. Fiche-moi la paix avec tes histoires de salaire et autres âneries. Tu as raison, cet argent est à moi : donc si je le leur donne, c'est mon affaire. C'est clair ?

» Je lui ai répondu que oui, et je n'ai pu m'empêcher de rire du ton emphatique de sa déclaration.

» — Il n'y a pas de quoi rire, a-t-elle rétorqué. On est tous dans le pétrin. Toi le premier. Mais peut-être que tu ne t'en rends pas compte ?

» Je n'ai su que lui répondre. Deux choses m'avaient frappé dans ses paroles : un ton d'autorité féminine, de familiarité sereine, que je n'avais pas entendu depuis des années — seule mon amie Ilona Grabowska usait envers moi de cette autorité désinvolte qui me réjouissait toujours — et, conséquence de ce qui précède, le tutoiement qui venait de s'établir entre nous. Sans que cela corresponde à un principe quelconque de ma part, le tutoiement ne m'a jamais été très habituel dans mes rapports avec les femmes. Avec elles, le " vous " me vient toujours de façon spontanée et naturelle, quel que soit le degré d'intimité de nos relations.

» La lettre de Dora Estela traduisait bien le caractère plein d'originalité et de couleur de la Conseillère. La formule employée au début de la missive m'a fait sourire.

Maqroll mit la main dans la poche de sa chemise, en retira avec précaution un papier plié, sale, à deux doigts de tomber en morceaux, et lut :

Cher Monsieur Don Gaviero,

« Ici les choses s'éclaircissent un peu, mais pas suffisamment pour ne plus nous inquiéter. Nous avons fini par savoir pourquoi les militaires s'en sont pris à ce pauvre Eulogio. Il paraît qu'en bas, du côté du grand fleuve, on a fait sauter une station de l'oléoduc et deux bateaux en déchargement au terminal qu'on appelle la station des Saints. Quelqu'un leur a dit que les coupables se cachaient par ici et ils ont trouvé que le plus simple était de ramasser les gens comme du bétail. Eulogio va bien. Il semble qu'ils lui ont seulement cassé une jambe et le poignet gauche, les autres blessures n'ont pas atteint l'os. Il ne vomit plus de sang et le docteur dit qu'aucun organe n'est touché, il a juste le poumon perforé par une côte brisée. Le pauvre demande beaucoup de vos nouvelles et il se fait du souci pour le travail de la mine : il dit que vous ne pouvez pas vous en tirer seul. On va le ramener à la ferme dès la semaine prochaine. La famille qui s'occupe de lui est pressée de le voir partir, vu qu'ils ne veulent pas avoir de problèmes avec sa femme qui s'est rendu compte qu'une des filles avait des relations avec mon frère. Eulogio vous fait dire que les militaires lui ont posé beaucoup de questions sur son compagnon de travail à la mine. Rassurez-vous, il leur a dit que c'était quelqu'un du littoral qui était passé par hasard et qu'il était déjà reparti, parce que vous n'aviez rien trouvé. Ils lui ont demandé si c'était un étranger, il leur a dit que non, et il pense qu'ils l'ont cru. Ce n'est pas ça qui les intéresse. Vous pouvez donc être tranquille, ils ont fini par trouver les auteurs de l'attentat qui n'avaient pas quitté le port du fleuve, ils les ont liquidés et l'affaire est terminée. En ce qui concerne Antonia, c'est une idée à moi, Eulogio n'était pas très chaud, il dit que les femmes dans les mines compliquent les choses et qu'elles finissent toujours par perdre la tête. Pour moi, je ne sais pas, vu que, comme je vous l'ai déjà dit, je n'ai pas un tempérament de taupe et que je n'ai jamais été me fourrer dans ces trous. Elle, en revanche, a toujours vécu là-haut, sur le plateau, et je ne pense pas qu'elle soit une personne à vous causer des problèmes. La seule chose dont elle ait peur c'est de tomber enceinte et elle règle ça à sa manière ; certains s'en arrangent, d'autres non. Je vous l'ai dit, la malédiction de l'or s'en va avec une femme, à condition qu'on y mette de la tendresse. Si vous voulez coucher avec elle, vous n'avez qu'à le lui proposer. Ne vous en faites pas, elle ne le prendra pas mal. Si elle ne veut pas, elle le dira. Pour le travail elle est parfaite, et plus résistante qu'une mule. Je ne sais comment vous allez trouver mon idée de vous l'envoyer, mais entre rester là-bas tout seul, sans rien faire, avec le risque que le délire revienne, et avoir de la compagnie tout en pouvant continuer le travail au broyeur, je pense que c'était la bonne solution. Bon, ça sera tout, vous nous manquez beaucoup et nous gardons ce que vous nous avez confié avec le soin que vous savez. Tout le monde ici vous salue, en espérant que vous allez bien. Votre amie et servante, Dora Estela. »

El Gaviero replia soigneusement le papier et le remit dans sa chemise, tout en nous expliquant :

— Cette lettre est l'unique souvenir qui me reste de Dora Estela et c'est aussi la seule lettre de femme que je conserve. J'en avais d'autres, mais j'ai dû les détruire à chaque fois qu'en tombant dans des mains étrangères, elles auraient pu compromettre quelqu'un. Bien — poursuivit-il après s'être versé une nouvelle bière et avoir déploré que les Etats-Unis ne sachent pas en produire de semblable à celle que nous buvions et qui était fabriquée au Danemark —, pour en revenir à l'histoire d'Antonia, je vous disais donc que la femme s'était parfaitement ajustée à mon rythme de travail et à mon mode de vie frugal, peuplé de longs silences et d'heures de lecture qui me permettaient d'échapper à l'atmosphère oppressante des souterrains, dont j'extrayais à coups de pic les morceaux de filon pour les entasser dans un sac. Quand celui-ci était plein, Antonia le traînait sur le sol jusqu'à la sortie et mettait en marche une petite roue Pelton rudimentaire mue par l'eau de la cascade qui faisait tourner le broyeur. La femme descendait de temps en temps au village pour aller chercher des provisions et des nouvelles d'Eulogio qui se remettait très lentement. La perte de sang l'avait extrêmement affaibli et la côte refusait de se recoller, ce qui continuait à le gêner pour respirer. La conversation avec Antonia se limitait toujours à des détails de travail et elle ne me dérangeait jamais quand je m'asseyais dehors, adossé à la paroi du précipice, pour penser à des épisodes de mon passé et aux êtres avec qui j'avais partagé ma vie de hasards et d'errances. Je n'aimais pas demeurer longtemps dans la grotte dont l'ambiance imprégnée d'un mystère indiscernable finissait par m'inquiéter. Elle n'était propice qu'au sommeil, pour les raisons que j'ai déjà dites, son sol de sable fin et tiède, le murmure apaisant de la cascade. Quelque chose me disait que cela ne pourrait pas continuer ainsi, dans cette normalité si semblable à ce que j'ai toujours refusé comme l'une des plus évidentes antichambres de la mort : les jours suivant leur cours réglé dont toute surprise était à tout jamais bannie. Notre manière d'exploiter le filon était tellement primitive que son rendement permettait juste de couvrir les frais médicaux de mon associé et de mettre de côté une petite somme pour m'aider, en cas d'urgence, à sortir du pays et à chercher d'autres horizons qui, pour moi, ne pouvaient être que marins. Depuis longtemps je caressais l'idée d'acheter une goélette pour faire du cabotage entre l'île de Fernando de Noronha et la côte de Pernambouc. La possibilité attrayante de substantiels bénéfices dans un tel trafic m'avait été suggérée par un juif égyptien de mes amis nommé Waba, qui possédait une faculté d'invention inépuisable quand il s'agissait de faire de l'argent sans trop de risques. La navigation dans cette région était très calme presque toute l'année et les habitants qui manquaient d'approvisionnements étaient prêts à les payer à des prix très élevés, ce qui ouvrait des perspectives prometteuses. Je passais des heures à faire des plans, à tracer des itinéraires, au bord de l'abîme dont la végétation naine et drue laissait s'échapper des bandes d'oiseaux aux coloris surprenants avec des cris qui résonnaient entre les parois rocheuses verticales comme un écho augural et mélancolique.

» Le changement qui avait commencé à s'insinuer confusément dans un repli de ma conscience, alarmée par la perspective de sombrer dans la routine grise et monotone, s'est présenté, comme toujours en pareil cas, sous le masque anodin et innocent d'un fait des plus prévisibles et des plus normaux. Une nuit que je ne parvenais pas à trouver le sommeil, à cause de la douleur persistante de mon dos qui me venait toujours quand j'étais resté à tailler la veine dans une position continuellement forcée, Antonia s'est approchée pour me demander ce que j'avais. Je le lui ai expliqué, et elle m'a proposé de frotter la zone douloureuse avec l'huile de palme dont elle se servait pour la cuisine. J'ai accepté. Elle m'a massé le dos et la taille en procédant à des mouvements circulaires et intenses qui m'ont immédiatement soulagé. Je lui ai demandé qui lui avait enseigné cela, et elle m'a répondu que la tante chez qui elle avait passé son enfance était rebouteuse et très savante en ces choses. Nous avons continué à parler pendant qu'elle me frottait le corps, jusqu'au moment où je me suis rendu compte qu'il ne s'agissait plus du tout de massage mais de caresses dont l'intensité et la direction préludaient à autre chose. Je l'ai dévêtue lentement et, une fois nus tous les deux, nous avons commencé à nous embrasser en silence, de plus en plus échauffés. Au moment où je me trouvais au-dessus d'elle, prêt à la pénétrer, Antonia s'est brusquement retournée pour se mettre à plat ventre.

» — C'est comme ça que je veux, a-t-elle dit, j'aime ça. Ne t'inquiète pas. J'ai l'habitude, ça me donne le même plaisir, et je ne risque pas de tomber enceinte.

» Je suis entré sans difficulté et j'ai constaté qu'effectivement, elle s'était habituée à prendre son plaisir de cette manière qui lui permettait de ne pas avoir de mauvaise surprise. A la fin, elle lançait de brèves plaintes qui se répercutaient sur les parois de la grotte et se mêlaient au vent dans la bouche de la mine. L'impression était étrange et très excitante. Ses cris alternaient avec l'Amirbaaaar que le vent prononçait en détachant les syllabes d'une façon hallucinante.

» Cette étreinte sans conséquences et contre nature est devenue une cérémonie quotidienne. Certains soirs, quand le vent commençait à faire entendre sa voix en appelant les chefs des mers à la bouche de la mine, le désir montait dans la lente houle du sang. Antonia n'avait rien changé au rythme de ses travaux ni au ton de nos rapports ordinaires. C'était comme si nos exercices nocturnes n'existaient pas dans la réalité de nos jours. Je me souvenais fréquemment de l'allusion sibylline de la Conseillère, que je n'avais pas comprise d'emblée : “ ...et elle règle ça à sa manière. Certains s'en arrangent et d'autres non. ” C'était comme si la mine avait changé d'aspect, et je la trouvais plus chargée encore de cette ambiance rituelle et secrète qui m'avait impressionné. Mes relations avec Antonia, marquées par la forme singulière de nos étreintes, se confondaient peu à peu dans mon esprit avec l'atmosphère mythique du lieu. C'était comme un rite nécessaire, une invocation aux forces cachées dans les entrailles du vent tournoyant dans la grotte pour appeler l'Emir des mers, qui s'accomplissait dans les gémissements brefs d'Antonia quand celle-ci atteignait la cime de son plaisir.

L'autre aspect, tout à fait réel et pratique, celui qui consistait à extraire l'or du filon, finissait par se confondre avec le premier pour ne plus être qu'une partie du cérémonial d'un culte sans visage, d'un mystère aveugle dans lequel chercher de l'or et sodomiser une femme n'étaient que deux manières de participer à un même rituel.

» Une fois, alors qu'Antonia était descendue à la capitale pour vendre l'or que nous avions amassé, son retour s'est fait attendre plus longtemps que de coutume. Au cours de ces quatre jours d'anxiété, j'ai perdu complètement mon empire sur moi-même. La voix de la mine se faisait entendre toutes les nuits avec une telle netteté que je finissais par converser avec elle. Un désir intense, presque douloureux, torturait mon imagination et mes sens, et j'en venais à penser qu'Antonia n'avait été qu'une invention de mon cerveau pour peupler la solitude de la grotte. La dernière nuit, la voix de toujours m'a réveillé et il m'a semblé qu'elle appelait Amirbar d'une façon plus pressante, avec une angoisse nouvelle qui m'a fait penser à Perséphone parcourant l'Hadès. C'est alors que pour l'apaiser j'ai prononcé cette invocation à Amirbar. Quelque chose, tout au fond de moi, me disait que ma longue absence de la mer n'était pas bien vue par les pouvoirs abyssaux de l'océan. Je me souviens encore des paroles de cette prière et je vais vous les répéter, car celle-ci forme une partie essentielle de mon séjour dans les mines. Voici ce qu'elle disait :

Amirbar, tu me tiens en ce lieu, fouillant les entrailles de la terre comme pour chercher le miroir des transformations,

tu me tiens en ce lieu, loin de toi, et ta voix retentit comme pour me rappeler à l'ordre des grandes étendues salines,

à la vérité sans réserve qui accompagne l'étoile des navigations et jamais ne l'abandonne.

Par les navires qui plongent leur proue dans les abîmes et en resurgissent, répétant chaque fois l'épreuve,

et entrent enfin, meurtris, dans le calme qui suit les tourmentes, leurs cargaisons désarrimées s'entrechoquant dans les cales ;

par le nœud de peur et de fatigue qui se forme dans la gorge du mécanicien qui ne connaît de la mer que ses assauts aveugles contre les flancs aux gémissements lugubres ;

par le chant du vent dans les filins des grues ;

par le vaste silence des constellations où est inscrite la route que la boussole répète avec une insistance scrupuleuse ;

par ceux qui prennent le troisième quart et murmurent des chansons d'oubli et de peine pour chasser le sommeil ;

par le vol des pélicans qui s'éloignent de la côte dans l'ordre serré de leurs formations, lançant des cris pour consoler leurs petits qui attendent sur les falaises ;

par les heures interminables de chaleur et d'ennui que j'ai endurées dans le golfe de Martaban, en attendant qu'un garde-côte nous prenne en remorque parce que nos magnétos avaient grillé ;

par le silence qui règne quand le capitaine dit ses prières et se recueille pour se prosterner en direction de La Mecque ;

par le gabier que j'ai été presque enfant, guettant les îles qui jamais n'apparaissaient,

annonçant les bancs de poissons qui toujours s'échappaient en changeant brusquement de cap,

pleurant le premier amour que jamais je ne devais revoir,

supportant les plaisanteries bestiales de l'équipage dans toutes les langues de la terre ;

par ma fidélité au code non écrit qui impose la routine des traversées sans tenir compte du climat ou de la classe du navire ;

par tous ceux qui déjà ne sont plus parmi nous ;

par ceux qui ont chu, corps tournoyants et résignés, jusqu'aux fonds de corail où ils gisent parmi les poissons aux yeux effacés ;

par ceux qu'une lame a emportés et dont nous n'avons plus jamais rien su ;

par celui qui a perdu une main en essayant de frapper une amarre dans les haubans ;

par celui qui rêve d'une femme qui est à un autre pendant qu'il peint au minium les taches de rouille de la coque ;

par ceux qui étaient partis pour Seward en Alaska et qu'un iceberg à la dérive envoya au fond de la mer ;

par mon ami Abdul Bashur qui passa toute sa vie à rêver de bateaux et n'en trouva jamais aucun qui correspondît à ses rêves ;

par celui qui, monté jusqu'à l'antenne pour vérifier les isolateurs, discute et rit avec les mouettes, et leur propose des voyages insensés ;

par celui qui garde le bateau et dort seul à bord dans l'attente des huissiers en habit noir ;

par celui qui m'avoua un jour qu'à terre il ne pensait qu'à des crimes atroces et gratuits, et qu'à bord lui venait la soif de faire le bonheur de ses semblables et de leur pardonner leurs offenses ;

par celui qui riva sur la poupe la dernière lettre du nom dont avait été rebaptisé son navire : *Czesznyaw* ;

par ceux qui assurent que les femmes savent mieux naviguer que les hommes mais qu'elles le cachent jalousement depuis le commencement des temps ;

par ceux qui chuchotent dans leur hamac des noms de montagnes et de vallées et qui, arrivés à terre, ne les reconnaissent pas ;

par les bateaux qui font leur dernier voyage et ne le savent pas, mais dont la charpente geint de douleur ;

par le voilier qui est entré dans la rade de Withorn et n'a jamais réussi à en ressortir, ancré là-bas pour toujours ;

par le capitaine von Choltitz qui, une semaine durant, s'enivra en compagnie de mon ami Alexandre, le peintre, avec un mélange de bière et de champagne* ;

par celui qui, apprenant qu'il était atteint de la lèpre, se lança du haut du pont pour être déchiqueté par les hélices ;

par celui qui disait, chaque fois qu'il se soûlait jusqu'à rouler sur le sol souillé des tavernes : " Je ne suis pas d'ici et je ne ressemble à personne ! "

par ceux qui n'ont jamais su mon nom et ont partagé avec moi des heures de terreur quand nous dérivions sur les brisants du

---

* Voir la « Relation véridique... » dans *Le Dernier Visage.*

détroit de Penland avant d'être sauvés par un coup de vent ;

par tous ceux qui naviguent en ce moment ;

par ceux qui vont appareiller demain ;

par ceux qui entrent en cet instant même au port et ne savent pas ce qui les attend ; par tous ceux qui ont vécu, souffert, pleuré, chanté, aimé et trépassé en mer ;

par tout cela, Amirbar, apaise ton courroux et ne t'acharne pas contre moi.

Vois où je suis, écarte-toi par pitié du cours infortuné de mes jours, et permets-moi d'achever heureusement cette obscure entreprise,

très bientôt je reviendrai en ton empire et, cette fois encore, j'obéirai à tes ordres. Al Emir Bahr, Amirbar, Amiral, que ta voix me soit favorable.

Amen.

Quand se furent éteints les derniers mots de l'incantation de Maqroll nous demeurâmes un moment silencieux. Il y avait en elle une force marine si profonde qu'elle nous faisait sentir combien nous étions étrangers à ce monde, le seul qui fût véritablement le sien et qui le resterait jusqu'à la fin de ses jours. Par la magie de cette prière démente, nous comprenions que le passage d'el Gaviero par le monde souterrain des mines avait été comme une peine qu'il s'était imposée pour se punir de Dieu sait quelles obscures fautes et quels manquements à ses devoirs de marin. Bien entendu personne ne risqua de commentaire, et il reprit le fil de sa narration comme si nous n'étions pas là.

— Antonia est arrivée à l'aube du jour suivant. Elle avait marché toute la nuit sans même faire halte à la maison de doña Claudia. Elle m'a expliqué les raisons de son retard, après avoir pris plusieurs heures d'un repos peuplé de soubresauts et de paroles dont je ne parvenais pas à démêler le sens. Elle avait vendu l'or dans la capitale sans le moindre contretemps. Elle était rentrée sur *L'Ouragan des Andes* de Saturio, et la malchance avait voulu que la " chèvre " fût arrêtée par un barrage de l'armée. Les dix passagers à moitié endormis avaient dû descendre et subir une fouille minutieuse. Un sergent avait délesté Antonia de l'argent qu'elle portait sur elle en prétextant qu'il ne pouvait certainement pas venir de la vente de bétail appartenant à ses parents. Il faut reconnaître que le mensonge était passablement improvisé et difficile à soutenir. Un peu plus tard, les militaires les avaient laissés remonter dans le camion mais ils avaient refusé de rendre l'argent d'Antonia. Arrivée à San Miguel, elle était repartie dès le lendemain pour la capitale dans le but d'y réclamer la somme confisquée. La Conseillère avait tenté de l'en dissuader en insistant sur le caractère parfaitement invraisemblable du motif invoqué. Que répondrait-elle si on l'interrogeait sur ses parents ? Ou sur l'acheteur des bœufs ? Ecartant les objections de Dora Estela, Antonia s'était présentée à la caserne et là elle avait obtenu, par des procédés qu'il valait mieux ignorer, qu'un capitaine donne l'ordre de lui restituer son argent. Une fois rentrée à San Miguel, elle avait décidé de repartir immédiatement, et voilà pourquoi elle avait dû marcher toute la nuit.

» — Je m'imaginais que tu devais être plein de soupçons à mon égard et cela me faisait tant de peine que j'ai voulu me mettre en route pour être rendue le plus vite possible.

» Je l'ai assurée que jamais le moindre doute sur sa loyauté ne m'était venu à l'esprit et que la seule chose que j'avais vraiment crainte était qu'elle ait eu un accident, particulièrement en franchissant la gorge. A chaque fois le chemin s'éboulait davantage et il était désormais impossible de l'emprunter sans courir un grave danger. Antonia me regardait avec une expression de distance et de réserve que ses traits malais rendaient plus lourde et chargée d'hermétisme. Quelque chose dans mes rapports avec elle commençait à me préoccuper, sans que je parvienne à définir clairement ce que c'était. L'intimité de nos relations, marquées par cette distorsion physique du cours de notre plaisir, créait chez elle une attitude de soumission, d'attachement quasi animal qui se manifestait de façon évidente dans sa manière de travailler au broyeur. Elle était allée jusqu'à me proposer de manier le pic dans la veine, pour m'éviter les crampes de mon dos qui me faisaient de plus en plus souffrir. Je ne le lui avais pas permis, bien qu'elle eût fait la preuve d'une résistance apparemment sans failles. Elle s'entêtait toujours à ne pas garder pour elle une part du produit de notre travail et s'inquiétait de plus en plus ouvertement de mes plans pour le jour où le filon que nous exploitions serait épuisé.

» — J'ai idée que tu ne resteras pas ici un jour de plus, me disait-elle avec un accent de tristesse, tu n'es pas du genre à prendre racine où que ce soit. En vérité tu n'es qu'un vagabond. C'est sans remède.

» Je ne tentais jamais de la dissuader et, au demeurant, l'idée qu'elle se faisait de moi était assez juste. Mais le reproche que contenaient ses observations allait en s'accentuant et finissait par tourner en une amertume où perçait une nuance de rancœur. Je pensais qu'il me faudrait en parler à Dora Estela, qui pourrait certainement m'aider, compte tenu de son caractère indépendant et de la clarté de ses relations avec moi qui ne comportaient d'autres liens que ceux d'une sympathie franche et bien cimentée.

» L'occasion s'en est présentée plus tôt que je ne m'y attendais. Un jour, un engrenage du broyeur, fait en bois de gaïac, se démantibula, conséquence probable du travail excessif auquel nous soumettions le mécanisme primitif. Je devais donc me rendre à San Miguel pour demander à un charpentier syrien, une de mes connaissances du café qui ajustait les carrosseries en bois des “ chèvres ”, de m'en fabriquer un autre, taillé dans la même essence. Je suis parti au petit matin. La femme m'a accompagné sur une grande partie du trajet le long du précipice. Elle était silencieuse et méfiante, comme si elle avait deviné mon intention de parler de nos relations avec son amie. Elle m'a étreint sans dire un mot, en collant ardemment son corps au mien, puis elle est repartie vers la mine sans se retourner.

» La fabrication de l'engrenage devait durer au moins deux jours. J'ai pris la chambre de toujours et me suis installé dans le café à ma table habituelle. La

Conseillère a senti que je désirais la consulter à propos d'Antonia et elle me l'a dit avec le franc-parler qui la caractérisait :

» — Vous avez quelque chose sur le cœur, et c'est à propos d'Antonia. Qu'est-ce qui se passe ? m'a-t-elle demandé le soir même de mon arrivée, tout en faisant les additions de ses clients sur un carnet déchiré qu'elle portait toujours sur elle.

» Je ne lui ai pas répondu sur-le-champ, attendant qu'elle termine ses additions.

» — Racontez-moi ça, m'a-t-elle dit, je continue mes comptes mais je vous écoute.

» Je lui ai relaté ce qui m'arrivait, tout en essayant de ne pas accorder trop d'importance à l'affaire : Antonia s'attachait de plus en plus à moi et, bien entendu, il n'entrait pas dans mes plans de nouer avec elle une relation durable. La mine elle-même ne pourrait me retenir très longtemps dans cette contrée. Je ne voulais pas la blesser par un refus brutal, mais je ne pouvais pas non plus lui révéler certaines singularités de mon caractère et de mon destin qu'il était vain de vouloir modifier. Sa sensibilité et sa formation ne lui permettraient pas de les accepter sans les ressentir comme un rejet.

» — Tout d'abord, m'a répondu Dora Estela, je ne pense pas que le problème ait quelque chose à voir avec cette manie qu'a Antonia de ne pas faire l'amour comme tout le monde. Je la crois quand elle dit qu'en faisant ça par-derrière elle jouit pareillement. Ce point-là écarté, puisque vous l'avez accepté dès le départ, il reste donc qu'elle est amoureuse, et ça c'est un sacré sac de nœuds, vu que cela ne lui était encore jamais arrivé. Je suis bien embêtée, vous savez. Je peux la comprendre, parce que j'ai éprouvé un peu la même chose tout juste après votre arrivée, mais moi je ne suis pas née de la dernière pluie et j'ai su stopper à temps. Pour Antonia c'est plus grave, parce que fourrée comme elle est jour et nuit avec vous dans ce trou, je ne vois pas comment elle peut s'en tirer. Malheureusement Eulogio en a encore pour deux mois et je ne crois pas que ça puisse attendre aussi longtemps. Bon Dieu, Gaviero, j'ai l'impression que ce genre de chose doit vous arriver souvent. Nulle femme ne peut croire vraiment à une vocation de vagabond aussi enracinée que la vôtre. Antonia est une femme qui a des impulsions subites et elle va toujours jusqu'au bout. Rappelez-vous qu'elle est montagnarde et que la vie ne lui a pas fait de cadeaux.

» Nous avons continué à agiter la question sans trouver d'issue. Il était naturel qu'il en fût ainsi : nul n'a jamais pu commander aux sentiments ni les rendre accessibles à la logique. Le lendemain, la nuit était déjà avancée quand le charpentier m'a fait appeler pour me livrer la pièce. Elle était d'une fidélité scrupuleuse par rapport à l'original et d'une finition exemplaire. Je suis retourné au café, qui était presque vide, et la Conseillère s'est assise près de moi. Elle est entrée directement dans le vif du sujet :

» — La seule solution, c'est de parler à Antonia en toute clarté et de la convaincre qu'elle ne peut rien attendre d'autre de vous en dehors de ce qui existe déjà. Ne le faites pas vous-même, parce que vous la blesseriez et ça ne ferait qu'empirer les choses. La prochaine fois qu'elle viendra pour vendre l'or, c'est moi qui lui parlerai. On verra bien ce qui se passera. Avec les femmes il est impossible de rien prévoir. Il faut souhaiter qu'elle ne fasse pas retomber ça sur moi, car dans ce cas elle ne voudra plus rien entendre et nous en baverons.

» Cela m'a paru la seule issue raisonnable pour un problème qui, maintenant que j'en avais parlé avec la Conseillère, prenait des proportions plus précises et plus complexes que celles que je lui prêtais jusque-là. A mon retour, Antonia m'attendait sur le sentier de la gorge. Son visage était hermétiquement fermé, mais elle s'est montrée affectueuse et loquace, comme si elle voulait éloigner d'elle quelque sombre prémonition qui l'avait torturée durant mon absence. Elle m'a aidé à mettre le nouvel engrenage en place avec une dextérité si surprenante que j'ai pensé, encore une fois, qu'elle devait tenir de lointains ancêtres asiatiques ce mélange de patience et d'adresse tellement étranger aux gens de ce pays. Elle avait cueilli dans la montagne les herbes odoriférantes avec lesquelles elle a confectionné un plat de pommes de terre, de manioc et d'autres tubercules au goût à peu près semblable, plutôt fade, mais singulièrement relevé par son assaisonnement. Cette nuit-là, après avoir fait l'amour à deux reprises avec plus d'intensité et de fièvre qu'à l'ordinaire, elle m'a murmuré à l'oreille avant de regagner son lit :

» — Quelquefois je pense qu'avec toi j'aimerais avoir un enfant. Mais comment savoir. Tu t'en irais pareil, et tu me laisserais seule avec le bébé. A demain, bohémien.

» Ses paroles ont fait flotter sur mon sommeil une inquiétude difficile à préciser.

» Durant plusieurs semaines nous avons travaillé intensément. La veine commençait à s'épuiser et révélait des différences de structure croissantes par rapport aux niveaux précédents. Il s'agissait de tirer le maximum de la caillasse que nous traitions dans le broyeur. Chaque jour nous extrayions davantage de mica et moins d'or. C'était le signe irréfutable, d'après mes manuels, que le filon changeait. Curieusement, cela coïncidait avec le moment où celui-ci se perdait dans le plafond. Il devenait nécessaire de chercher une autre veine et nous avons commencé à creuser plus avant dans la galerie, mais sans résultat. Le moment est venu du départ d'Antonia pour la capitale afin d'y vendre l'or recueilli. Ce n'était pas grand-chose, mais de toute manière il n'était pas recommandé de le garder dans la mine, même si personne ne s'était encore manifesté dans les parages. La femme montrait quelque réticence à entreprendre le voyage, comme si elle avait l'intuition que quelque calamité imprécise l'attendait. Je ne voulais pas exercer de pression sur elle, car cela aurait réveillé sa méfiance. Finalement, un jour, comme si elle avait pris une décision qui lui avait coûté beaucoup d'efforts, je l'ai entendue me parler depuis sa couche, juste au moment où j'allais m'endormir :

» — Demain je vais à la ville pour vendre l'or. Il ne faut pas attendre plus longtemps.

» Je l'ai écoutée se retourner contre la paroi et entrer dans le sommeil avec une respiration régulière, entrecoupée de profonds soupirs d'enfant. Elle est partie à l'aube. On eût dit la victime qui a renoncé à toute espérance et se prépare pour le sacrifice. Trois jours plus tard elle était de retour. Son visage ne reflétait aucun changement. Elle s'est mise immédiatement à traiter dans le broyeur la caillasse que j'avais extraite pendant son absence.

» — C'est la fin, a-t-elle observé avec un pâle sourire qui conférait à sa phrase une certaine ambiguïté, et si nous ne trouvons pas d'autre veine, nous pourrons dire adieu à Amirbar.

» Le soir elle s'est montrée tendre et complaisante mais, après les gémissements habituels de la conclusion, je l'ai entendue contenir des sanglots qui lui montaient soudain dans la gorge.

» Elle avait dit vrai, la veine ne recelait plus le moindre minerai et il était inutile de continuer la taille pour la suivre. Cela représentait un effort qu'à deux il nous était impossible de fournir, et encore moins avec les outils dont nous disposions. Chercher une autre veine était également un travail au-dessus de nos forces, dans la mesure où il ne fallait pas s'attendre à ce qu'elle se révèle immédiatement, comme cela avait été le cas de la première. Antonia a proposé une solution provisoire qui m'a paru sensée : laver le sable de la rivière un peu en aval du défilé, sur les petites plages où le Canadien avait déjà fait ses tentatives sans lendemain. Nous nous sommes mis à l'ouvrage. Il fallait prendre le sentier bordant l'abîme jusqu'à la fin de celui-ci et continuer par le chemin royal dont la pente rejoignait la rivière pour la longer. En suivant la rive, on pénétrait dans un fourré composé principalement d'arbres fruitiers à moitié sauvages. Il fallait une heure et demie pour parcourir la distance de la mine à ce lieu. Le chemin était bon, et seule la partie à flanc de falaise présentait quelque danger, car elle se désintégrait à vue d'œil. Le retour était plus ardu et nous prenait parfois près de trois heures. Laver le sable pour en séparer l'or est un exercice fascinant. L'éclat du métal apparaît peu à peu, donnant souvent l'impression que c'est le sable lui-même qui se transforme en merveille dorée pour recueillir toute la lumière du soleil. Quand on a réussi à laver complètement la part d'or, on mélange celui-ci à du mercure qui l'isole et l'agglomère à sa propre substance. Le mercure est filtré à travers une fine peau et l'or se fixe sur celle-ci à l'état pur. Les sables de la rivière dans laquelle nous travaillions sont riches en précieux métal, car des veines traversent son lit en de nombreux endroits, et le courant les érode et emporte l'or. Antonia travaillait avec une telle agilité, elle était si habile à laver le sable qu'elle récoltait toujours deux fois plus d'or que moi. Nous avons pris l'habitude de rester dormir au bord de la rivière quand les nuits étaient claires et sans menaces de pluie. Nous descendions avec des provisions, une Coleman et un récipient contenant du pétrole pour alimenter la lampe. Parfois nous demeurions ainsi deux ou trois nuits de suite sans remonter à la mine. Laver le sable de la rivière à la lumière de la Coleman était une besogne hallucinante. J'ajoute que le murmure de l'eau contre les pierres était une musique plus agréable et plus apaisante que la voix de la mine appelant sans repos le maître de la mer. Ici, nul besoin de mon invocation pour calmer ses débordements et ses caprices. Les jours passaient et Antonia ne faisait pas la moindre allusion à ce dont, bien certainement, elle avait parlé avec la Conseillère. Cela m'inquiétait. Les signes de sa détresse se faisaient plus fréquents et plus clairs. Une fois encore, nous avions réuni suffisamment d'or pour justifier un voyage à la capitale. Quand je le lui ai annoncé, une nuit que nous avions fait l'amour au bord de la rivière, les yeux d'Antonia se sont remplis de larmes. Je lui ai demandé ce qu'elle avait et elle m'a répondu par un geste brusque de dénégation. J'ai insisté un peu et elle m'a dit, d'une voix secouée par les sanglots :

» — Si je m'en vais maintenant, je suis sûre que je ne te retrouverai pas à mon retour. Dora Estela m'a bien dit que tu voulais partir et que je devais me résigner à te perdre parce que tu ne t'es jamais arrêté nulle part.

» Je lui ai répondu que je ne ferais jamais une chose pareille, que je ne disparaîtrais pas sans dire adieu, et j'ai insisté longuement sur ma condition errante et l'inutilité de penser à un changement dans mon destin. En partant, j'emporterais son souvenir qui m'accompagnerait éternellement. Je la considérais comme une femme remarquable et sa beauté fraîche et vigoureuse m'avait dispensé l'une des expériences les plus excitantes et les plus pleines de ma vie. Ce n'était certes pas ce qu'elle voulait entendre. Mais je pensais qu'il était plus loyal et plus clair de lui dire ce que j'éprouvais pour elle et ce qu'elle était pour moi, tout en sachant, bien évidemment, que je lui causais une désillusion difficile à supporter. Nous avons continué à parler de cela et, plus je développais mes arguments, plus elle s'enfermait dans un silence farouche d'animal blessé. Quand je me suis endormi près d'elle, sur les manteaux que nous avions disposés pour former une seule couche, elle sanglotait toujours d'une façon à peine perceptible.

» J'ai été réveillé en sursaut par une intense odeur de pétrole et la sensation d'un liquide froid me coulant sur le dos. Je me suis levé en hâte et j'ai vu une forme blanche qui grattait une allumette après l'autre, sans parvenir à l'enflammer. D'un bond je me suis jeté à l'eau juste au moment où une flambée jaillissait des couvertures et d'une partie de la plage. J'ai nagé vers la rive tandis qu'Antonia disparaissait dans les arbres en criant comme une folle :

» — J'aurais pu avoir un enfant de toi, salaud ! disait-elle, et sa voix s'éloignait dans les fourrés. Crève donc, sale bête ! Quand on n'a pas de maison, on va vivre en enfer !

» Elle avait pris la fuite, convaincue que j'étais resté dans les flammes. Quand je suis sorti de la rivière, les premières lueurs de l'aube s'annonçaient. J'ai essayé de me sécher avec des lambeaux d'étoffe sauvés du feu. J'ai pris le chemin de la mine sans bien savoir que faire. Il ne me restait que les vêtements que j'avais gardés pour dormir : un maillot et un caleçon. Je pouvais encore chausser les bottes, passablement roussies, mais sans les lacets qui avaient brûlé. Ainsi équipé, la montée fut plutôt pénible. Arrivé à la grotte, je me suis écroulé sur le sable pour me reposer. La situation m'est alors apparue dans toute son évidence. J'avais été à deux doigts de mourir dans les flammes, qui duraient encore quand j'avais quitté les lieux. La femme avait versé le pétrole du bidon, qui était plein, autour du lit et sur mon corps enveloppé de couvertures. Il eût suffi que la première allumette fût la bonne pour que je ne sois pas ici pour raconter l'histoire. Ses mains mouillées de pétrole l'avaient gênée, et cela m'avait sauvé. Dans les affaires que nous avions laissées à la mine se trouvaient des vêtements de rechange et des lacets pour mes bottes. Antonia était partie avec l'or.

» Il n'y avait pas d'autre solution que de partir pour San Miguel, récupérer la part qui me revenait de l'argent confié à Dora Estela, quitter la région et dire du même coup adieu à cette histoire d'or qui s'était muée en une malédiction implacable. J'ai caché les outils et les éléments essentiels du broyeur dans la galerie, et j'ai abandonné les lieux avec l'intention de passer la nuit chez doña Claudia avant de descendre au village. Je suis arrivé à la ferme presque à la nuit tombante. J'étais en train d'enlever les barres du portail, quand une forme s'est détachée des arbres qui servaient de clôture. Doña Claudia me guettait. Je n'ai pas eu le temps de lui demander comment elle était au courant de ma venue, car déjà elle m'expliquait, d'une voix où se mêlaient l'angoisse et la détresse :

» — Ce matin, cette folle est passée en proférant des abominations et en disant que vous étiez mort dans les flammes. Même si on n'a pas compris tout ce qu'elle disait, on a bien eu l'impression que c'était elle qui vous avait fait flamber. Mais maintenant il y a plus grave. Cet après-midi, l'armée est venue et un lieutenant nous a interrogés très longtemps, moi et les patrons de la ferme, à propos de la mine de la gorge et de l'étranger qui s'y cache sous prétexte de chercher de l'or. Ils arrivaient de chez Eulogio qui a tout nié. Ils l'ont de nouveau passé à tabac, mais ils n'ont rien pu en tirer. Ils rôdent dans les parages et je suis étonnée que vous ne les ayez pas rencontrés. Ils sont peut-être en train de ratisser en amont de la rivière avant de descendre à la mine. Ça fait des heures que je suis postée ici dans l'espoir de voir passer quelqu'un qui aurait des nouvelles de vous, vu l'incohérence des propos d'Antonia. Cachez-vous là et ne bougez pas. Je vais vous apporter quelque chose à manger ; après quoi, le mieux sera que vous continuiez sur le chemin royal sans repasser par San Miguel. Tout au bout de la descente il croise la route, et là vous trouverez probablement quelqu'un pour vous ramasser et vous emmener le plus loin possible. Si ces hommes vous trouvent, ils vous tueront. Les étrangers, ils ne les conduisent jamais à la capitale, ils les liquident sur place. Attendez-moi derrière ces buissons. Oh que je suis contente de vous voir, c'est un miracle, monsieur, c'est un vrai miracle.

» Et elle s'est éloignée dans la direction de la maison en marmottant des phrases que je n'ai pas saisies. J'ai gagné la haie qu'elle m'avait indiquée et j'ai réfléchi à mon destin. Une fois de plus la fin de l'aventure me laissait les mains vides, et poursuivi de surcroît par les forces de l'ordre sans que je sache bien pourquoi. Avec un peu de chance, je pourrais faire parvenir un message à la Conseillère pour qu'elle m'envoie de quoi quitter le pays et aller chercher fortune ailleurs que dans les mines d'or. Doña Claudia n'a pas tardé à revenir avec un bol de soupe et un peu de pain de maïs. Elle m'apportait en outre un poncho de laine écrue, et un chapeau de paille pour me protéger des intempéries et dissimuler un peu mon allure étrangère. Avant de partir je l'ai priée de tâcher de prendre contact avec Dora Estela afin de lui dire que je lui ferais savoir où me joindre.

» J'ai marché toute la nuit sous un ciel si merveilleusement étoilé qu'il éclairait doucement le chemin. Sous cette voûte céleste qui semblait toute proche, je me sentais accompagné par les constellations que j'avais appris à connaître aux temps où j'étais gabier. Le chemin royal croisait effectivement la route puis remontait pour continuer, par monts et vallées, sa trajectoire impeccable à l'écart du temps et de ses ravages. Plusieurs véhicules sont passés, sans que j'ose en arrêter aucun. C'étaient des voitures particulières et mon aspect ne devait pas être des plus rassurants. Ont suivi plusieurs poids lourds, mais je savais que les chauffeurs de ceux-ci n'ont pas le droit de s'arrêter. Puis sont venus deux camions de l'armée transportant des soldats dont la tête brinquebalait sous l'effet du sommeil. Je les ai aperçus de loin et je me suis caché sous un pont. Au moment où je perdais tout espoir et où j'allais me résoudre à continuer à pied jusqu'à ce que je découvre une auberge, j'ai été doublé par *Maciste*, conduit par un Tomasito souriant aux anges comme à son habitude, en homme qui vient de faire une farce particulièrement réussie. La chance se manifestait enfin. J'ai grimpé à côté de mon ami qui m'a fait un récit plus détaillé de ce que m'avait appris doña Claudia. Antonia était descendue au village et avait dû être conduite le jour même à la capitale de la province pour être internée chez les fous. Prise de furie, elle attaquait tout le monde et ne reconnaissait personne. Elle avait tenté d'agresser la Conseillère avec une bouteille cassée. Heureusement on l'avait arrêtée à temps. San Miguel était plein de soldats et toute la population était interrogée. Le bruit courait que deux nouvelles stations de l'oléoduc avaient sauté et que la guérilla rôdait dans la montagne. Ils avaient posé des questions à mon sujet au café et questionné Dora Estela pendant plusieurs heures, mais sans la torturer. Elle n'avait dit qu'une part de la vérité : à savoir qu'elle m'avait connu au café et que son frère m'avait fourni des informations sur les mines d'or de la région.

» J'ai fait part à Tomasito de mon désir de gagner la côte, et il m'a promis de m'aider à trouver le meilleur moyen de sortir de la zone sans tomber sur l'armée. J'avais, a-t-il ajouté, une chance immense de l'avoir rencontré sur ce parcours qu'il n'empruntait pratiquement jamais. Sa route habituelle était celle de San Miguel à la capitale. Mais il devait cette fois livrer du café brut à la station d'égrainage qui se trouve dans le port du fleuve, et c'est pour cela qu'il avait pris cet itinéraire. Une fois rendus dans cette ville, mon ami m'a cherché un logement discret chez des gens sûrs. L'endroit choisi ne pouvait être plus imprévisible. C'était une petite maison au bord du fleuve, où une veuve d'un certain âge arrangeait des rendez-vous pour des femmes qui désiraient gagner quelque argent dans la plus grande discrétion. Elles étaient toutes mariées ou veuves et arrondissaient ainsi le budget familial. Tomasito avait rendu des services à la maîtresse des lieux, et celle-ci ne pouvait lui refuser de m'héberger le temps de régler quelques affaires, deux ou trois jours au plus. Le délai s'est cependant prolongé au-delà de ce qu'avait prévu le propriétaire de *Maciste.* Je demeurais reclus dans une chambre de derrière qui donnait sur un terre-plein, lequel, à son tour, se terminait sur la rive du fleuve. Jour et nuit j'entendais les conversations des hôtes de passage et le craquement des lits sous le poids des couples dont les gémissements me rappelaient les nuits d'Amirbar.

» Un matin, on a frappé à la porte de ma chambre et je suis allé ouvrir en pensant qu'il s'agissait de la patronne. C'était Dora Estela qui me dévisageait avec stupeur, comme si elle avait vu un fantôme. Elle m'a embrassé chaleureusement et ses yeux se sont remplis de larmes. C'était la première fois que je la voyais dans cet état.

» — C'est un miracle que vous vous en soyez tiré, Gaviero. Quand je pense que tout est ma faute, que c'est moi qui vous ai envoyé cette folle à la mine. Mais qui pouvait l'imaginer capable d'une telle sauvagerie ? a-t-elle ajouté en s'essuyant le visage avec les coins d'un grand fichu qu'elle portait noué autour de sa tête et qui lui conférait l'aspect d'une Erinye apaisée.

» Sur ce, elle m'a raconté l'arrivée d'Antonia au village et comment celle-ci l'avait agressée dans le café. Antonia proférait des phrases dénuées de sens et soudain elle avait pris une bouteille de bière sur une table, l'avait cassée contre le rebord de métal et lui était tombée dessus en brandissant le tesson transformé en couronne de poignards mortels. On l'avait arrêtée à temps, garrottée, chargée dans le premier camion en partance pour la capitale et là, enfermée dans l'asile des fous. Elle n'avait plus prononcé un mot et était tombée dans une immobilité absente dont elle semblait ne plus jamais devoir sortir. Je me suis enquis d'Eulogio, et Dora Estela m'a dit que les nouvelles brutalités des militaires l'avaient laissé au bord de la mort. Il se remettait très lentement. Le problème était de savoir qui allait s'occuper de la ferme et du bétail. Elle ne pouvait pas le faire, et d'ailleurs elle n'y connaissait rien. Là-dessus, elle a sorti de son sein une liasse de billets et me l'a remise en me disant que c'était ma part de l'or vendu par Antonia lors de ses descentes en ville. Quant à l'or que celle-ci portait sur elle au moment où elle avait tenté de me tuer, il avait été déposé à l'asile pour payer son hospitalisation. Je lui ai demandé à combien se montait ce qu'elle me donnait. Je ne me sentais pas le cœur à compter des billets. La somme était rondelette, elle aurait couvert le prix de la goélette pour le cabotage entre San Fernando de Noronha et Pernambouc. Mais j'étais incapable de prendre un argent qui laissait derrière lui tant de malheurs. J'ai seulement prélevé le strict nécessaire pour embarquer sur le premier bateau que je trouverais prêt à appareiller dans le port maritime le plus proche. J'ai dit à Dora Estela de garder le reste pour l'entretien de la famille d'Eulogio pendant la convalescence de celui-ci, et pour elle également, au cas où son enfant aurait besoin de quelque chose. La Conseillère m'a regardé en prenant son masque fermé de pythonisse qui dissimulait une sensibilité surprenante. Puis elle m'a expliqué comment j'allais partir. Tomasito, avec qui elle était venue, me faisait dire qu'il passerait la semaine suivante pour me conduire à bord de *Maciste* dans une ville proche du littoral. De là un ami, routier comme lui, se chargerait de me transporter jusqu'au port. Je devais prendre un faux nom, ils avaient choisi celui de Daniel Amirbar, et je devais dire que j'étais copropriétaire du camion. Le nom était certainement une idée de Dora Estela. Elle me l'a confirmé avec un sourire. Nous avons continué à bavarder et à évoquer des épisodes de notre amitié jusqu'au moment où l'on a de nouveau frappé à la porte. C'était Tomasito, toujours réjoui, en dépit de la chaleur d'enfer qui régnait dans le port du fleuve et plus encore dans ma chambre exposée au plein soleil de l'après-midi. Il venait prévenir Dora Estela qu'il s'absentait jusqu'au lendemain car il devait aller attendre la péniche qui apportait son chargement pour San Miguel. Il a ajouté en la regardant :

» — Tu n'auras pas de problèmes de logement, Dorita. Je ne crois pas qu'el Gaviero te refusera l'hospitalité pour une nuit.

» Nous avons dormi ensemble et, pour cette nuit d'adieux à mes jours de mineur, j'ai étreint le corps ferme de la Conseillère avec la jouissance désespérée des vaincus qui savent que l'unique victoire est celle des sens dans l'éphémère mais bien réel combat du plaisir. A mon réveil, le lendemain, Dora Estela était déjà partie. Pas plus que moi elle ne goûtait les adieux. Avec une réserve féline, elle avait préservé mon sommeil. Une raison supplémentaire pour mériter ma gratitude. J'ai passé les jours suivants dans l'attente du retour de Tomasito. La patronne de la maison venait de temps en temps faire la conversation. Elle était fille de Libanais et son mari était également de Beyrouth. Elle savait quelques mots d'arabe qu'elle avait appris dans son enfance et qui lui avaient été bien utiles pour parler avec son homme, celui-ci n'ayant jamais réussi à s'exprimer correctement en espagnol. Le jour où une maladie de cœur avait empêché le mari de continuer à gagner sa vie en vendant de la quincaillerie au porte-à-porte, c'était lui qui avait eu l'idée d'inviter quelques amies à venir dans sa maison rencontrer des hommes qui étaient de passage dans le port et souhaitaient se distraire un moment avec elles. Le secret de son succès résidait dans l'observation d'un silence absolu et dans le fait de ne s'adresser qu'à des hommes étrangers à la ville. Tomasito, d'autres chauffeurs amis et deux ou trois capitaines de bateaux du fleuve étaient leurs fidèles intermédiaires. En récompense ils avaient droit aux primeurs intéressantes qui se présentaient de temps à autre dans la clientèle féminine. Les histoires de cette femme étaient fascinantes et s'enchaînaient selon la plus savoureuse tradition orientale des *Mille et Une Nuits*. Elle s'étonnait toujours que je connaisse si bien, non seulement le pays de ses ancêtres, mais tant d'autres lieux de la Méditerranée qu'elle avait entendu mentionner dans son enfance puis par son mari. Quand je lui ai dit, par exemple, que mon passeport était chypriote, elle a eu ce commentaire enthousiaste :

» — N'est-ce pas extraordinaire ? J'ai justement à Limassol une cousine qui a le même prénom que moi : Farida. Elle est mariée à un capitaine de remorqueur et elle m'écrit encore de temps en temps.

» Je me souvenais bien des remorqueurs du port qui faisaient toujours attendre les navires, et de leurs capitaines qui marchandaient indéfiniment le prix de leurs services avec les arguments les plus spécieux et les plus absurdes. Et aussi de l'odeur de Limassol, de ses tavernes grecques qui avaient toutes la même musique de bouzouki, fade et monotone. J'étais sur le point de lui raconter comment je m'étais procuré le fameux passeport par l'intermédiaire d'un soi-disant avocat de Nicosie, mais il valait mieux ne pas donner de nouveaux motifs d'inquiétude à cette pauvre Farida, que ma seule présence sous son toit perturbait déjà suffisamment. Au cours d'une de nos conversations nocturnes, elle m'a offert de me présenter une dame, épouse du secrétaire de la douane. C'était une blonde fort attirante et qui, semblait-il, parlait français. Je l'ai remerciée de sa proposition mais je n'étais pas disponible pour des amours anonymes.

» — C'est mauvais, ça, m'a-t-elle dit. Je vous assure qu'il n'existe pas de meilleur remède qu'une femme pour oublier ses soucis.

» Ses propos me rappelaient mon amie la Conseillère, en même temps que l'antique et solide confiance des Levantins dans les vertus curatives de l'érotisme, sans trop tenir compte des moyens employés pour en jouir. A Limassol, précisément, le commerce des éphèbes de l'île était l'une des activités les plus communes des tavernes du port. Plus d'un officier nordique y payait les conséquences de son ingénuité en se retrouvant au petit jour sur les quais, tout nu et attaché à un pylône.

» Tomasito est venu me chercher dans la

soirée du samedi. C'était un jour de grand trafic et le voyage serait moins risqué. Nous sommes partis dans l'obscurité après avoir fait nos adieux à Farida, qui m'a dit sur le ton de Cassandre :

» — Nous ne vous reverrons jamais ici, Gaviero. Ces terres ne sont pas faites pour vous et si vous revenez, vous n'en sortirez pas vivant. C'est moi qui vous le dis.

» Ses paroles me reviennent parfois à la mémoire, tel un appel que je ne parviens pas à déchiffrer. De toute manière, l'idée de retourner là-bas m'apparaît comme quelque chose d'impensable et de néfaste. Nous avons roulé à bord de *Maciste* presque toute la nuit, en traversant d'immenses étendues de rizières et de champs de canne à sucre dans une chaleur que même le vent de la vitesse ne parvenait pas à rendre supportable. J'étais adossé à des sacs de café brut qui répandait un arôme civilisé et délicieux. Je n'ai guère dormi, non par peur des dangers à venir, mais par l'effet de ce parfum qui me rappelait Hambourg, Amsterdam, Anvers, et les jours que j'y avais coulés sous le signe de l'odeur du café que l'on boit au bord de l'eau dormeuse et noire des canaux où se reflètent les clochers des vieilles églises calvinistes et les façades des maisons, habitées par une bourgeoisie laborieuse qui cultive patiemment la prudente et mesquine hypocrisie de ses ambitions. Un peu avant l'aube, nous sommes arrivés dans la ville d'où l'ami de Tomasito devait me conduire jusqu'au port du Pacifique. C'était une de ces bourgades des régions sucrières, lieux de passage et de croisement des camions, pleines de cafés avec des billards et de bordels bruyants avec des orchestres qui jouaient toute la nuit ; un de ces lieux où l'on a l'impression que nul ne dort jamais. Les poids lourds stationnent en file à l'entrée des cafés et le fracas de leurs moteurs fait chorus avec celui des boules de billard, des tourne-disques à plein volume et du choc des bouteilles sur les tables de laiton émaillé. Tohu-bohu ensorceleur que les gens aiment à confondre avec le bonheur. Tomasito est allé livrer son chargement tandis que je l'attendais dans un endroit dont le nom ne pouvait être plus anachronique : le café Windsor. La bière était toujours le même liquide pauvre en écume et en saveur qui créait dans l'estomac une sorte de paralysie nauséabonde. En revanche, le rhum était l'un des meilleurs que j'aie goûtés de ma vie, et comme j'ai passé une bonne partie de celle-ci dans les Caraïbes, cela me donne, je crois, assez d'autorité pour juger celui qui me fut servi au Windsor, sec sur beaucoup de glace. Une chaude vague de bien-être m'a lentement envahi et toutes mes misères se sont effacées de ma mémoire comme par enchantement. Au retour de Tomasito, j'avais déjà lié connaissance avec deux joueurs de billard et nous terminions une partie dans laquelle je tenais le plus mauvais rôle mais qui me procurait une jouissance extrême. Mon ami connaissait mes compagnons de jeu, dont les professions s'avérèrent aussi imprécises que peu compatibles avec le Code pénal. Notre parfaite sympathie m'a valu diverses confidences compromettantes. Le jeu fini, Tomasito a commandé à manger pour toute la compagnie. On nous a servi des tanches avec du riz et des bananes frites. Cela faisait longtemps que je n'avais pas mangé de poisson, et la tanche m'a fait monter au septième ciel. Nous en étions déjà à la troisième bouteille de rhum et j'envisageais d'accompagner mes nouveaux amis dans une entreprise de contrebande de tissus et d'appareils électriques qui était censée nous rapporter une fortune, quand le chauffeur du camion qui devait me conduire au port est arrivé. Il partait dans quelques minutes. Nous devions nous presser. Je me suis séparé d'eux sur la promesse de nous revoir au port si je ne trouvais pas de bateau tout de suite, et nous sommes partis rejoindre le camion. A un carrefour, une patrouille de l'armée demandait leurs papiers à tous les passants. Avec le plus grand naturel Tomasito s'est engouffré dans le couloir d'une maison et nous l'y avons suivi de près, le chauffeur et moi. Mon ami a traversé une cour ornée de géraniums pour passer sur la terrasse, au bout de laquelle une porte ouvrait sur une autre rue. Tout s'est déroulé avec tant de rapidité et de simplicité qu'une femme qui étendait du linge dans la cour ne s'est même pas retournée pour nous suivre des yeux. Nous avons débouché sur une rue tranquille, bordée de maisons identiques à celle que nous venions de quitter et, après avoir un peu marché, nous sommes arrivés devant le dépôt d'un transitaire en douane à l'entrée duquel attendait le camion. Tomasito m'a serré vigoureusement dans ses bras sans prononcer un mot. Je suis monté avec le chauffeur dans la cabine dont le confort et le luxe m'ont frappé. Au moment où le camion allait démarrer, Tomasito est passé de mon côté et m'a donné une tape sur le bras en me disant, d'une voix où perçait une émotion contenue :

» — Adieu Gaviero, que la chance soit avec vous. Vous en aurez bien besoin.

» La rencontre de l'armée et l'esquive magistrale que son sang-froid nous avait permis d'effectuer m'avaient ramené à la réalité. Le rhum fort et parfumé, les compagnons de billard, leurs projets chimériques et illicites, tout cela était relégué dans un passé imprécis. Le conducteur du camion s'est révélé être un homme taciturne. Je ne sais s'il l'était naturellement ou si Tomasito lui avait demandé de garder une certaine réserve avec moi. Le voyage a duré presque toute la journée. La route montait d'abord, franchissait une chaîne de montagnes parallèle à la côte, puis redescendait abruptement jusqu'au port. Le chauffeur a stoppé le camion dans une rue solitaire et m'a tendu un papier sur lequel était écrit au crayon : “ Hôtel des Voyageurs, Mister Lange. ” Je devais le montrer à la personne ainsi désignée, laquelle se chargerait de me loger. L'hôtel se trouvait sur les quais, à quelques pas de l'endroit où nous nous étions arrêtés.

» Il n'est rien de par le monde qui soit aussi interchangeable que ces hôtels de ports. Même odeur de savon bon marché dans les chambres, même vestibule avec des meubles aux couleurs indéfinissables, et même propriétaire originaire de la *Mitteleuropa* connaissant les trente mots indispensables de toutes les langues. Quand j'ai remis au dénommé Mister Lange le papier du chauffeur, l'homme est resté un moment à m'inspecter, d'un regard trouble qui tentait de me sonder sans que je m'en aperçoive. J'ai eu l'idée de lui adresser la parole dans le dialecte de Gdynia et il m'a répondu sur le même mode avec le plus grand naturel. Il est monté avec moi pour me montrer ma chambre et, au moment de me tendre les clefs, il m'a dit, en évitant de me regarder en face :

» — S'il vous plaît, ne vous servez pas du téléphone et ne parlez pas à des inconnus. Je me charge d'arranger votre départ par le prochain bateau. C'est le *Luther*, destination La Rochelle, avec escales à Panama, La Havane et les Bermudes. Vous m'indiquerez où vous désirez débarquer.

» Je n'ai pas voulu l'interroger sur l'étrange interdiction de me servir du téléphone, pour ne pas avoir à entendre l'explication évasive dont il n'aurait certainement pas manqué de me gratifier. Je lui ai répondu que j'allais à La Rochelle et que je préférais voyager en troisième classe ou dans un hamac avec l'équipage. Un pâle sourire, aussi flou que son regard, s'est dessiné un instant sur ses lèvres et s'est estompé immédiatement.

» — Nous verrons, a-t-il susurré. Nous verrons.

» J'ai fermé la porte à clef et me suis étendu sur le lit. La courtepointe d'un violet fané et les draps d'un gris inquiétant m'étaient si familiers que j'en étais presque ému.

» Ainsi, je me retrouvais pour la millième fois dans une chambre anonyme d'un hôtel tout aussi anonyme d'un port dont l'odeur, les bruits, les sirènes constituaient le décor obligatoire, essentiel et désormais inévitable de mon existence. La chaleur des tropiques entrait par la fenêtre et m'enveloppait de sa présence apaisante et protectrice, depuis toujours familière, comme une vieille connaissance venue accueillir mon retour. J'ai pensé à ce que je venais d'endurer et, comme toujours aussi, j'ai eu l'impression que c'était un autre qui avait vécu toutes ces expériences insensées, qui avait connu ces êtres dont l'empreinte resterait certainement gravée à tout jamais dans ma mémoire mais qui, en même temps, se détachaient déjà de moi pour m'apparaître comme étrangers au fil de mes errances. Je me demandais ce qu'allaient devenir Dora Estela, qui luttait contre un sort éternellement contraire et méritait tellement des jours meilleurs, et Antonia, dont la démence avait dû germer lentement et sourdement à travers les naïfs détours érotiques qu'elle pratiquait avec tant d'obsessionnelle application. Et Tomasito, qui avait réussi, grâce à son intelligence sans faille, à créer autour de lui une atmosphère de bonheur simple ? Et Eulogio, avec ses difficultés d'expression qui le maintenaient si injustement en marge d'un monde qu'il comprenait et où il se mouvait pourtant avec tellement d'habileté ? Et les murmures, les plaintes, les appels dans les galeries des mines, voix de la terre sortant de ténèbres où l'homme n'est accepté qu'au prix de sa renonciation aux joies de ce monde ? Ce triste et douloureux défilé m'a fait sombrer dans un sommeil bercé par les sirènes du port. Le lendemain matin, j'ai ouvert la fenêtre de ma chambre et j'ai regardé les quais. Le décor m'a ôté toute envie de sortir. Tous ces ports du Pacifique ont une espèce de dénominateur commun, avec tout au plus deux ou au plus deux ou trois variantes ; de Vancouver à Puerto Montt stagne ainsi sur la majorité d'entre eux une chape grise qui enveloppe tout, murs de briques maculés de lambeaux d'affiches rendus illisibles par la crasse qui s'y est fixée, tristes agglomérats d'habitations lacustres qui tiennent debout avec une précarité alarmante, oscillant sur une mare aux eaux sales où flottent dans un lent naufrage des cadavres de poules, des boîtes de bière et des bouteilles, et qui répandent une odeur d'excréments, d'urines du bout de la nuit, de sourde mort anonyme. Celui-là était très caractéristique. La population, noire dans son immense majorité, habitait des cahutes de bambous et de bidons, disposées en chapelets ne menant nulle part et reliées entre elles par des passerelles branlantes, sur les berges d'un fleuve dont les eaux qui stagnaient sous les pilotis chétifs accumulaient tous les détritus des crues successives. Allongé sur le lit dont s'exhalaient de plus en plus fort des bouffées de sueur aigre, héritage des innombrables locataires qui m'avaient précédé, j'ai senti monter en moi un lent mais inexorable sentiment de défaite ; vieille compagne de la fin de mes entreprises qui débouchent toutes sur la même mare croupissante de dégoût et de malheur. Je savais que seule l'immensité saline pouvait réussir à m'en libérer. J'attendais le *Luther* avec une réelle anxiété, en proie à cette atroce désespérance que je connais si bien. Le patron de l'hôtel montait me voir de temps en temps et me donnait sur l'arrivée du bateau des informations dilatoires. Je finissais par penser que j'allais rester à tout jamais dans ce trou fétide de la côte Pacifique. Un soir, l'homme est venu me dire que le *Luther* était arrivé le matin et qu'il appareillait dans une heure. Il fallait partir sur-le-champ. Je devais embarquer sous le nom de Daniel Amirbar, second mécanicien, lequel s'était arrêté dans ce port lors d'un précédent voyage pour y soigner ses fièvres. Arrivés devant le *Luther*, Mister Lange m'a fait des adieux d'une cordialité modérée. Je n'ai jamais su comment mes amis avaient obtenu qu'il m'héberge dans son hôtel et s'occupe de mon départ.

» La silhouette massive et noire du

bateau n'avait pas un aspect très accueillant. C'était un de ces grands cargos lancés à Kiel dans les années vingt, en pleine crise de l'après-guerre, dont l'allure camarde semblait refléter l'esprit de ces temps de famine et de défaite pour l'Allemagne. Je me suis présenté au capitaine. Il était né près de Heidelberg et possédait le caractère aimable et légèrement ironique des gens du Palatinat. Il laissait au pilote et au premier maître la responsabilité de la navigation et s'occupait avec une grande méticulosité des questions comptables, commerciales et administratives. Il m'a reçu amicalement et m'a prié de le suivre dans sa cabine. Il a fermé la porte et m'a invité à m'asseoir. Il savait presque tout de mon histoire de chercheur d'or néophyte. Lange la lui avait contée sans forcer sur la sympathie. Lui n'avait fait aucun commentaire, car il n'avait nulle confiance dans les personnages de ce genre qui, tapis derrière le comptoir de leur hôtel, tissent leur toile très loin pour mener les négoces les plus incroyables.

» — Je ne comprends pas, m'a-t-il

confié, comment un marin tel que vous, qui avez sillonné toutes les mers navigables, a pu se retrouver embringué dans pareille histoire. Les gens de votre espèce doivent rester le moins possible à terre. Jamais rien de bon ne les y attend. La mer les malmène souvent, elle aussi, mais ce n'est pas la même chose.

» Je n'avais ni l'envie ni le moyen de lui expliquer les motifs qui m'avaient poussé dans cette entreprise, et peut-être d'ailleurs les ignorais-je moi-même. Je me suis borné à quelques considérations banales et je suis allé ranger mes affaires près du hamac qui m'avait été attribué. Je m'y suis allongé sans plus penser à rien, en attendant que mon corps se réajuste à la vieille et fidèle routine de la mer. La sirène du *Luther* a lancé trois appels consécutifs et le bateau s'est mis en mouvement. Le rythme cadencé des bielles et le bouillonnement de l'hélice sont venus me rendre doucement la sérénité lointaine, l'indifférence salutaire que nous éprouvons quand nous remettons notre sort aux génies des profondeurs. En quelques instants, l'écœurement et la mélancolie du port s'étaient évaporés. Quand nous sommes entrés en haute mer et que le bateau a commencé à tanguer lentement dans la houle, j'ai senti que je retrouvais mon être de toujours : j'étais Maqroll el Gaviero, sans patrie ni loi, livré au verdict des vieux dés qui roulent pour le divertissement des dieux et la dérision des hommes. Quand j'ai débarqué à La Rochelle, après un mois et demi de navigation sans incident, passé à partager la table bien garnie et la conversation économe mais savoureuse du capitaine, j'avais déjà en tête plusieurs projets concrets se rapportant au commerce du bois de teck. La mine était allée rejoindre l'inventaire bigarré des choses irrémédiablement révolues.

***

Nous restâmes un temps silencieux, ne sachant que dire de cette succession d'épisodes mouvementés que le narrateur semblait évoquer comme quelque chose qui lui était devenu étranger, voué à l'oubli, sans remords ni rancune. Nous achevâmes notre dernière bière en faisant des commentaires anodins sur les lieux où avait vécu Maqroll au cours de ses pérégrinations de mineur, et l'aube se levait presque quand nous fûmes nous coucher.

Quelques jours plus tard nous retournâmes à l'hôpital de San Fernandino Valley. Les résultats de l'examen étaient satisfaisants et le médecin déclara el Gaviero définitivement guéri. Celui-ci lui demanda s'il pouvait voyager et le docteur répondit qu'il n'y voyait pas d'inconvénient, du moment qu'il évitait les régions tropicales. En sortant, Maqroll eut le sourire que nous prenons quand un enfant a dit quelque chose d'amusant :

— Ces médecins sont incorrigibles. D'abord il me dit que je suis guéri. Il ne sait pas que ces fièvres ne disparaissent jamais définitivement. Elles reviennent toujours quand on les attend le moins. Et ensuite il m'avise que je ne dois pas aller sous les tropiques, alors que j'ai répété je ne sais combien de fois que c'est là que je veux passer une grande part de ma vie : dans les Caraïbes ou en Asie du Sud-Est ; soit à naviguer dans les Petites Antilles et le golfe du Mexique, soit à couper du teck à Songkhla ou à Tenasserim. Et comme je compte présentement me rendre pour un temps à Matarani, le bon sens commande d'oublier le reste. Je crois que l'Uruguayen que vous m'avez amené au début avait plus de jugeote.

Je lui représentai que ce dernier n'était qu'un médecin employé dans les studios pour les premiers secours, et que sa maladie avait réclamé un spécialiste.

— Balivernes, me répondit-il en me donnant une petite tape sur l'épaule. L'Uruguayen avait l'œil, et jamais il n'aurait commis l'ânerie de m'interdire les tropiques.

Je lui rétorquai que c'était précisément sous les tropiques qu'il avait contracté ces fièvres.

— Oui, mais maintenant c'est fait. La chose est irrémédiable. Avec ou sans fièvres, je ne laisserai pas s'écouler beaucoup de temps avant de retourner là-bas. Ne me dites pas que vous m'imaginez prenant ma retraite dans un pavillon fleuri d'Amsterdam, d'Anvers ou de Glasgow. Ce sont là des lieux de passage, on peut y monter des affaires et s'y préparer pour l'aventure, mais pas y vivre en permanence. Ces gens-là ne comprennent rien à rien.

Il était inutile de discuter avec lui de ces questions qui mettaient en jeu les ressorts secrets de son vagabondage. Tel il était, tel il serait toujours. El Gaviero consacra les jours suivants à contacter des compagnies de navigation afin de connaître les bateaux en partance pour la côte péruvienne. Après avoir longuement enquêté et discuté, il trouva une place de matelot surnuméraire sur un cargo danois qui faisait route pour Valdivia avec des escales dans plusieurs ports du Pacifique. Il n'aurait pas d'affectation précise et paierait une somme symbolique. Le bateau n'avait pas l'autorisation d'embarquer des passagers et Maqroll avait trouvé cette formule pour calmer les scrupules de la compagnie de navigation. J'eus l'impression que ce n'était pas la première fois qu'il recourait à ce stratagème. Naturellement, pour y parvenir, il lui fallait faire la preuve qu'il était un homme averti des choses de la mer.

Le jour du départ, Yosip et sa femme arrivèrent pour l'accompagner. Ils avaient l'air désolé de gens qui restent en terre étrangère en sachant qu'ils n'auront plus personne avec qui évoquer les souvenirs lumineux des années meilleures. Maqroll fit ses adieux à Leopoldo et à Fanny, laissant flotter également autour d'eux comme une nostalgie anticipée de ses longues conversations et de ses interminables silences nocturnes qu'ils regretteraient sans doute toujours. En voyant el Gaviero se diriger vers la voiture où nous l'attendions, je ne pus m'empêcher d'être ému par son allure de convalescent sans foyer, avec son maillot bleu clair que je lui avais connu en d'autres temps, son ample vareuse bleu marine aux boutons de cuir noir achetée dans Dieu sait quelle friperie d'un port de la Baltique ; sa casquette de marin noire d'où s'échappaient, sur les côtés, les mèches rebelles et emmêlées d'une chevelure indomptée ; ses yeux agrandis, avec cette expression d'alerte permanente de celui qui a vu plus de choses qu'il n'est permis aux hommes d'en voir ; et à la main son éternel sac, dans lequel il emportait deux rechanges de vêtements aussi fatigués que ceux qu'il avait sur lui, quelques fétiches dont chacun concentrait un nombre incalculable de souvenirs attachés à des passions ineffaçables ou à des sauvetages miraculeux dans des dangers indicibles, et trois ou quatre livres qui ne le quittaient jamais. Un nœud se forma dans ma gorge et je dus, au début du trajet, garder le silence pour dissimuler mes sentiments. Au cours des longues années qu'avait duré notre amitié, l'un des traits les plus immuables et les plus inflexibles d'el Gaviero avait été sa pudeur dans la manifestation de ses affections et de ses fidélités. Mieux que quiconque, peut-être, il savait que l'oubli et l'indifférence finissent toujours par effacer jusqu'à la dernière trace des sentiments que nous avions crus éternels. Et pour les rares sentiments qui demeurent inchangés, mieux vaut les préserver par une zone de silence inviolable. Je ne sais pourquoi, j'avais attendu jusque-là pour lui demander ce qu'il comptait faire au

Pérou dans des carrières, ainsi qu'il nous l'avait annoncé. Je n'arrivais pas à croire qu'après tout ce qu'il nous avait raconté, il pouvait encore s'intéresser à quoi que ce soit qui eût, de près ou de loin, un rapport avec les mines.

— Cela n'a rien à voir, me répliqua-t-il. Je vais m'occuper de l'acquisition et du transport d'un chargement de pierres sur deux petits cargos que je dois affréter de concert avec deux vieilles connaissances, des capitaines indonésiens qui appareillent cette semaine même de Guayaquil pour Matarani. Transporter des pierres. Que vous en semble ? C'était la dernière chose que je n'avais pas encore faite sur la mer.

Je lui répondis que cela ne me semblait pas plus extravagant que bien d'autres choses qu'il avait accomplies par le passé. Il haussa silencieusement les épaules.

Arrivés aux docks du port de Los Angeles, nous dûmes laisser la voiture à l'extérieur et parcourir quelque deux kilomètres pour rejoindre le cargo danois. Le capitaine se tenait en haut de la passerelle d'où il donnait des instructions à son second qui se trouvait sur le quai. Maqroll nous fit ses adieux en nous serrant la main sans prononcer un mot. Il se dirigeait déjà vers la passerelle quand la femme de Yosip courut l'embrasser, toujours en silence, dans une longue étreinte qui nous parut interminable. El Gaviero lui donna un baiser sur la bouche et s'arracha de ses bras avec un sourire très doux. Elle retourna près de Yosip qui observait la scène avec une sympathie douloureuse, serrant les lèvres et retenant ses larmes. Maqroll dit quelques mots au second qui acquiesça de la tête et le laissa gravir la passerelle. Le capitaine le reçut avec des signes de surprise que nous ne sûmes comment interpréter. Tous deux gagnèrent le pont supérieur et Maqroll, se retournant à peine pour un dernier regard, nous fit du bras un large geste d'adieu dans lequel je voulus voir une acceptation des lois non écrites qui régissent le destin des hommes et une muette, fraternelle solidarité avec ceux qui avaient partagé un bout de ce chemin fait d'heureuse indifférence devant l'infortune.

*
**

Plusieurs années passèrent sans nouvelles d'el Gaviero. C'était normal et j'avais l'habitude de ces périodes de silence prolongées, interrompues de temps à autre par l'annonce de sa mort dans des circonstances toujours imprévisibles et tragiques. Après quoi venait le démenti, suivi d'une nouvelle période de mutisme jusqu'au jour où je recevais enfin une lettre de lui, ou bien jusqu'à ce que nous nous rencontrions dans les lieux les plus inattendus de la planète. Il en fut cette fois-là comme des précédentes. Je me trouvais à la gare du Midi de Bruxelles pour prendre le train de Marseille et j'étais sur le point de monter dans mon modeste wagon de seconde classe, quand survint un coursier de l'hôtel Métropole, où j'avais logé, porteur d'un paquet de lettres que le réceptionniste avait oublié de me remettre le matin. Après avoir disposé mes bagages en prévision du long voyage qui m'attendait, j'abaissai la tablette de mon siège et me mis en devoir d'examiner les papiers que je venais de recevoir. Il s'agissait, comme toujours, de missives m'annonçant des nouvelles que je connaissais déjà, d'invitations à des congrès et des conférences périmées ou sans intérêt, et de documents de travail qui allèrent atterrir avec le reste dans le panier à ordures. Il ne restait plus qu'une enveloppe légèrement gonflée portant le cachet postal de Pollensa, à Majorque. En l'ouvrant, je reconnus l'écriture serrée et capricieuse de Maqroll. Le papier affichait un en-tête somptueux : « Munt et Riquer. Négociants en Articles pour la Navigation, Transitaires en Douanes, Toutes Licences d'Importation. Port de Pollensa, Carrer de la Llotja, 7. » Les feuilles étaient jaune pâle et les vignettes maritimes de l'en-tête avaient une indéniable saveur fin de siècle. Je me plongeai dans la lecture de la lettre, heureux d'avoir des nouvelles de mon ami. Pour commencer, Maqroll m'informait de diverses questions qui étaient demeurées en suspens à propos d'un compte ouvert à son nom par mes soins à la Caisse de Crédit Maritime de Cadix. L'étrange hiérarchie qu'il établissait dans les sujets était typique de sa manière de rédiger ses missives. Il débutait toujours par les plus insignifiants, mais certainement les plus irritants pour lui. Après quoi seulement, comme c'était le cas ici, il abordait les choses sérieuses en rapportant des faits qui, dans la mesure où ils constituent la suite de notre rencontre de Los Angeles, méritent d'être transcrits en entier. Voici ce qu'écrivait el Gaviero :

« En ce qui concerne mon voyage au port de Matarani, sur la côte péruvienne, pour entreprendre l'exploitation des carrières de Santa Isabel de Sihuas, je crois que cela vaut la peine de vous en faire une relation détaillée, puisque vous vous acharnez à tenir la chronique de mes déconvenues avec une fidélité et un intérêt que je ne parviens toujours pas à comprendre. Le nom du cargo danois sur lequel je devais m'embarquer m'avait tout de suite légèrement troublé ; c'était, jc ne sais si vous vous en souvenez, le *Skive.* Difficile, pour un navire danois, de trouver un nom plus banal. Et pourtant quelque chose me disait qu'il aurait dû m'être familier. En haut de la passerelle, je me trouvai nez à nez avec le capitaine Nils Olrik et sa face de pirate breton, un œil toujours braqué sur ce troisième personnage dont Werfel dit si bien qu'il est la cible imaginaire de tous ceux qui louchent ; ses cheveux furieusement roux, virant aujourd'hui au poivre et sel, la corpulence massive de sa silhouette, ramassée sur elle-même comme dans l'attente de bondir sur quelqu'un, et le regard d'azur inquisiteur derrière les cils épais, tout indiquait un caractère sanguin et violent mais cachait en réalité l'un des meilleurs cœurs, et des plus charmants, qui se puissent rencontrer dans les dédales de la profession de marin. Mon danois est presque inexistant et son anglais difficilement intelligible. Cela ne nous a pas empêchés de nous résumer mutuellement le concours de circonstances, dans nos vies riches en péripéties, qui nous faisait nous retrouver. Quand j'avais réservé ma place par téléphone, mon nom avait été déformé, chose dont j'ai l'habitude, et le capitaine, en l'entendant, n'y avait pas prêté attention. Je connaissais Olrik depuis l'époque lointaine où je travaillais comme infirmier à l'hôpital d'un port du bout du monde, perdu dans l'inextricable delta du Mississippi. Nils y était arrivé avec une jambe écrasée par une grue du bateau sur lequel il était second. La guérison avait été lente et difficile, mais il avait finalement réussi à sauver sa jambe et à marcher sans autre séquelle qu'une légère claudication qui lui donnait un air aristocratique. Nils, qui était alors un jeune Danois de moins de trente ans, jovial et enthousiaste, était devenu l'auditeur le plus assidu de mes histoires et de mes aventures. A sa sortie de l'hôpital, nous étions déjà de vieux amis. Parmi tous les récits que vous avez publiés de mes souvenirs figure quelque part ma description de l'hôpital de la Baie*. On y trouve consignées, non sans lyrisme dans leur transposition, mes expériences en ce lieu. Je n'y mentionne pas le nom de Nils, mais l'ambiance de son séjour y est rendue avec une certaine fidélité. La vie nous avait ensuite réunis à plusieurs reprises. Nils avait atteint le grade de capitaine de la marine marchande et avait fini

---

* Voir « Inventaire des hôpitaux ultramarins » dans *Les Eléments du désastre*, à paraître.

par être connu dans presque tous les ports du globe. Lors de l'une de nos rencontres, il m'avait engagé pour une mission un peu illusoire et plutôt inhabituelle sur un cargo. Il s'agissait de faire office d'intermédiaire avec les membres d'une famille turque éparpillée dans divers ports des Caraïbes qui contrôlait d'importantes affaires d'import-export. Rusés et glissants, agressifs et sans scrupules, les Kadari étaient craints de tous les capitaines qui avaient affaire à eux. Nils avait donc eu l'idée farfelue d'utiliser ma parfaite connaissance de la langue turque et des méandres du caractère ottoman pour me présenter comme truchement dans ses relations avec le terrible clan. Il en était résulté une époque riche en épisodes réjouissants au cours desquels nous essayions de vaincre la fourberie millénaire des Kadari. Chacune de nos victoires était prétexte à de bruyantes festivités où le rhum coulait pendant plusieurs jours. Et si l'adversaire gagnait la partie, nous nous contentions d'accumuler des réserves de rancune pour la prochaine occasion. Une fois, à Port-au-Prince, l'affaire avait failli mal tourner : Nils Olrik s'était enfermé des jours durant dans sa cabine avec une superbe noire qui était la maîtresse de Kemal Kadari et dont le Turc était épris avec une violence proche de la folie furieuse. L'homme avait tenté de monter sur le bateau en compagnie de trois noirs herculéens qui se disaient les frères de la demoiselle. Avec l'aide d'un groupe de marins de confiance qui n'en étaient pas à leur première bagarre, nous avions réussi à tenir en respect les Kadari et leurs sbires, à les balancer par-dessus bord et à relever la passerelle. Le lendemain, les autorités haïtiennes s'étaient présentées pour exiger qu'on leur remette la femme, mais nous avions eu le temps de mettre celle-ci dans un canot de sauvetage et de la débarquer à l'autre bout du quai. Les intentions des tontons macoutes n'étaient pas, vous vous en doutez, des plus amicales mais, ne trouvant pas la belle séquestrée, ils s'étaient passablement radoucis sous l'effet de quelques dollars intelligemment distribués et avaient vidé les lieux sans se faire davantage prier. Des années plus tard, j'avais eu l'occasion de mettre Nils en relation avec mon ami Abdul Bashur, qui l'avait pris comme capitaine d'un des cargos de sa famille, jusqu'à la première banqueroute de celle-ci. Je n'en finirais pas de raconter tous les épisodes que nous avons vécus en commun, ce Danois et moi : tous ceux qui ont eu la chance de travailler avec lui gardent en mémoire sa bonté, dont j'ai déjà dit qu'elle était proverbiale, sa force de caractère, et son sens admirable du métier de marin.

» J'ai donc fait part à Nils de mon projet de transporter de la pierre extraite d'une carrière située à Santa Isabel de Sihuas et réputée pour sa couleur et son grain, de la charger dans le port de Matarani et de la vendre à San Francisco et à Oakland où j'avais des relations dans le milieu du bâtiment. L'idée d'affréter les deux bateaux avec des Indonésiens a suscité chez mon ami le capitaine presque autant de méfiance que le projet de la carrière lui-même. Il m'a dit que nous reparlerions de tout cela plus à loisir. Dans l'immédiat, il mettait à ma disposition une couchette libre dans la cabine qui lui servait de bureau. La première partie du trajet s'est prolongée du fait d'une avarie dont nous avons été victimes en passant le canal de Panama. Après quoi les pluies torrentielles nous ont obligés à attendre dans le port de Buenaventura où nous devions charger à destination de Callao des colorants qui ne pouvaient être exposés à l'humidité. Chemin faisant, l'effet tonifiant de la mer et de sa routine bienfaisante, joint à celui de la compagnie de Nils Olrik qui possédait un arsenal inépuisable d'anecdotes et d'informations concernant des connaissances communes, m'a rendu au plaisir d'être vivant et chassé jusqu'à la dernière trace des fièvres qui m'avaient terrassé en Californie. Mais en même temps le projet des carrières commençait à perdre forme et consistance pour aller se confondre dans mon souvenir avec les pires moments de ma maladie. Le scepticisme de Nils y était aussi pour beaucoup.

» Les longues heures de solitude que me ménageait ce voyage, je les ai également consacrées en grande partie à l'ouvrage de Gabory sur les guerres de Vendée, qui continue d'ailleurs à m'accompagner après toutes ces années, en souvenir des jours passés à Amirbar, et que je relis toujours avec profit. Le livre garde les traces de son passage dans les souterrains à la lumière de la Coleman de triste mémoire, ou sur le bord du précipice où tournoyaient les oiseaux. Relecture édifiante comme il en est peu, par la rigueur, la précision et la justesse de l'analyse historique que l'auteur emploie pour étudier l'un des épisodes les plus complexes, les plus agités, les plus traversés de courants aux origines incertaines, d'une époque qui n'est pourtant pas avare en événements de ce genre. Je voudrais juste revenir ici sur un point dont nous avions commencé à parler dans le patio de la maison de Northridge et sur lequel je ne crois pas avoir alors suffisamment insisté. Il s'agit d'un curieux trait de caractère des Bourbons. Leur goût pour l'exercice direct du pouvoir et pour le jeu des intrigues politiques qui en découle fut l'une des constantes de cette famille, et cela jusqu'à nos jours. Cette froide vision de la réalité se conjugue avec leur habileté à utiliser les ambitions et les faiblesses de leurs sujets afin de se maintenir en permanence en marge ou, mieux, au-dessus des intrigues circonstancielles de leur entourage. Henri IV, Louis XIV, Louis XV, Louis XVIII sont de parfaits exemples de cette qualité des héritiers du fils cadet de Saint Louis. Mais, bizarrement, certains membres de la famille ont montré des dispositions radicalement opposées à celles de leurs parents : une maladresse politique consternante, une méconnaissance des ressorts les plus élémentaires de l'ambition de leurs ministres, une ignorance des plans ourdis par les nations rivales ou voisines contre leur pays ; bref, une cécité suicidaire qui les mena chaque fois à l'échafaud ou à l'exil sans grandeur. Louis XVI et Charles X en France, Charles IV et Ferdinand VII en Espagne sont des illustrations pathétiques de cette tragique carence. D'ailleurs le comte d'Artois, avant de monter sur le trône sous le nom de Charles X, s'était déjà avéré, du temps où il n'était que prétendant, comme un exemple catastrophique de cette impuissance politique. Pensez qu'il a tenu dans ses mains l'instrument le plus fort, le plus digne de confiance et le plus disposé au sacrifice dont disposa jamais un aspirant à la couronne : les chouans. Il ne sut pas le voir et tomba dans la bigoterie la plus lamentable après une carrière galante typique de l'Ancien Régime. C'est à lui que la branche légitime doit d'avoir perdu le trône, et que l'usurpateur et parjure Orléans doit d'y être ignominieusement monté. J'aimerais bien prendre un jour le temps d'une promenade dans le passé pour vérifier si cette dualité et cette opposition dans le comportement politique se retrouvent également dans les branches antérieures des Capets : Valois, Valois-Angoulême et premiers Capétiens. A vous, dont je sais l'intérêt pour ces petites grandes énigmes de l'Histoire, je laisse cette interrogation, dans l'espoir que vous me communiquerez un jour les résultats de votre enquête.

» Je suis sûr que cette digression au milieu du récit de mon voyage à la côte péruvienne ne vous étonnera pas, car ce n'est pas la première de ce genre que vous transcrivez. Depuis les temps déjà lointains où vous avez commencé à vous intéresser à mes errances, vous savez que le présent ne me réserve jamais que des échecs absurdes ou des bourlinguages continuels pour les raisons les moins raisonnables. Quoi d'étonnant alors à ce que je m'amuse à fouiller le passé pour y trouver des destinées ou des infortunes semblables aux miennes. Je ne me plains pas. Bien au contraire, je pense que les dieux ont su deviner mes secrètes préférences. Tout cela, vous le savez déjà. Bref, quand nous sommes enfin entrés dans le port de Matarani, le panorama qui s'est offert à ma vue était celui que vous connaissez bien aussi : L'espace désertique qui monte lentement vers l'immensité andine, sans autre vert que celui de quelques épineux mourant de soif et de rares cactus couverts de poussière, également agonisants ; le port jeté de guingois avec ses quais rongés par le salpêtre, ses grues asthmatiques, et le soleil harcelant le tout sans pitié ni répit de sa lumière dévorante qui semble venir d'un autre astre que le nôtre. Un seul des deux cargos destinés au transport de la pierre m'attendait à quai. Le capitaine de l'autre avait déserté au dernier moment. Et celui qui était venu au rendez-vous ne montrait pas non plus beaucoup d'enthousiasme. Il faut reconnaître que le décor n'était pas fait pour lui donner du cœur à l'ouvrage, surtout s'agissant de quelqu'un qui venait de l'Asie du Sud-Est dont la végétation luxuriante a inspiré tant de littérature, et pas toujours la meilleure. Nils m'a persuadé de trouver un compromis avec le Javanais et de mettre un point final à l'opération. Ses arguments étaient convaincants : l'exploitation de la carrière était subordonnée à des autorisations officielles qui n'avaient pas encore été sollicitées par les propriétaires du terrain. Ceux-ci étaient supposés être associés dans l'affaire, or ils n'avaient toujours pas donné signe de vie. La vente de la pierre à San Francisco dépendait d'une étude de résistance du matériau dont le résultat avait été positif, mais seulement pour un type très particulier de construction, qui n'était justement pas le plus usuel dans cette région de Californie sujette à des secousses sismiques continuelles, lesquelles obligeaient à rectifier périodiquement les normes de construction. Enfin le Danois se méfiait des Asiatiques et de leur inclination naturelle à ne pas honorer leurs engagements. Olrik n'avait pas besoin d'insister outre mesure. J'ai parlé à l'Indonésien, qui n'a pas fait trop de difficultés pour abandonner l'entreprise, en échange de la livraison à Concepción d'un chargement de salpêtre pour la Hollande que lui abandonnait Olrik. Sacrifice au demeurant léger pour ce dernier, car il lui épargnait du même coup de soumettre ses cales à un traitement anticorrosion que, par un heureux hasard, le bateau du Javanais avait déjà subi. Voilà comment je me suis retrouvé second sur le *Skive* aux côtés de mon vieux camarade Nils Olrik — nous avions l'habitude de nous comprendre à demi-mot. Nous sommes descendus jusqu'à Valdivia et Puerto Montt où nous avons embarqué une cargaison pour Capetown et Dunbar. Ces années de navigation sur le *Skive* sont peut-être les plus calmes de ma vie de marin. Je n'y ai point connu d'événements marquants. Les rencontres et les séparations ordinaires dans les ports de hasard, les intempéries s'abattant sur le navire comme une malédiction des cieux, les semaines de calme plat dans les régions tropicales où la chaleur assaille le pont en vagues successives qui minent le peu qui nous reste encore de volonté : tels furent, pendant tout ce temps, les seuls incidents routiniers d'une vie prise aux mailles du vaste et capricieux filet des routes maritimes.

» Olrik est mort d'un infarctus foudroyant qui l'a surpris en plein sommeil, une nuit que nous allions entrer dans le port d'Abidjan. Les armateurs ont envoyé un capitaine pour ramener le bateau au Danemark et j'ai mis le cap sur d'autres destinations. Mon contrat avec Nils n'était pas très régulier, disons que les termes n'en étaient pas vraiment professionnels mais qu'il reposait davantage sur une longue amitié et sur la connaissance mutuelle de nos qualités et de nos faiblesses. Je ne veux ni ne peux m'étendre ici sur le récit de tout ce qui m'est arrivé avant mon débarquement à Majorque et mon installation à Pollensa en qualité d'administrateur de chantiers navals plus hypothétiques que réels, vu l'absence des engins indispensables pour rendre les services qu'on est en droit d'attendre d'une entreprise de ce genre. Je suis malade et fatigué, et j'ai perdu une bonne part de mon enthousiasme et de ma dévotion pour la vie en mer. Récemment, dans l'insomnie qui travaillait mes nuits, je me suis souvenu de ma convalescence à Northridge, de l'aimable hospitalité de don Leopoldo et de sa femme, et des longues veillées durant lesquelles vous avez eu la patience d'écouter mes mésaventures de chercheur d'or et mes tribulations andines. Du coup j'ai décidé de vous écrire pour vous rendre compte du résultat de mon voyage aux côtes du Pérou et vous donner de mes nouvelles. Je voulais aussi recopier, pour vous et pour mes auditeurs des nuits de San Fernando Valley, un curieux paragraphe extrait d'un livre qui m'est tombé entre les mains en explorant la bibliothèque qu'un chanoine qui m'honore de son amitié conserve dans le grenier du doyenné. Le titre avait attiré mon attention en me ramenant aux temps d'Amirbar. C'est pourquoi j'ai demandé à Mgr Aveli de me le prêter afin d'y jeter un coup d'œil. L'ouvrage s'intitule : *Véridique histoire des mines que les juifs travaillèrent sans profit dans les monts d'Axartel.* Il est signé d'un certain Shamuel de Corse, sans doute un coreligionnaire des mineurs en question. L'achevé d'imprimer indique qu'il a été publié à Soller par Jordi Capmany en l'an 1767. Il s'agit d'un récit embrouillé, écrit dans un mélange de ladino, d'espagnol macaronique et de majorquin, dont le lecteur ne parvient pas à comprendre le propos, car ce qui y est relaté manque complètement d'intérêt et ne débouche sur aucune conclusion cohérente et concrète. Il semble avoir été conçu pour faire valoir des titres de propriété sur ces terres, sans que l'on discerne clairement pour quoi ni pour qui. On peut également y voir l'intention de calomnier la communauté des convertis, à l'époque fort nombreuse dans l'île. Le paragraphe que je vous donne ici a une relation étroite avec Amirbar, lieu que j'ai évoqué pour vous dans les nuits torrides de l'été californien. Le voici : “ Le bénéfice de ces mines ne fut jamais dit, comme ne fut davantage avérée la sorte de minéral dont il s'agissait. On tient seulement en certitude que sur ce lieu s'assembla grand concours de peuple mosaïque avec femmes et enfants, et que tous entraient à fouir dans les souterrains, mais seul un nombre restreint et choisi avait le privilège de moudre les terres que le commun portait en des maisons bien fermées desquelles sortaient maints bruits et odeurs fort étranges. Comme cette région est grandement écartée et solitaire, ils faisaient eux-mêmes leurs lois sans en référer à quiconque. Ainsi les autorités reçurent-elles cet étrange avis qu'afin qu'il ne naquît point davantage d'enfants, fort dérangeants dans le travail de la mine pour ce qu'ils en éloignaient trop longtemps leurs géniteurs, les anciens avaient résolu d'ordonner aux hommes et femmes unis en mariage ou en concubinage de ne point s'accoupler désormais autrement qu'en forme de sodomie. Ainsi fut-il fait, en conséquence de quoi leur nombre demeura inchangé pendant plusieurs années. Le produit de leurs creusements fut amassé par des changeurs d'Alcudia de la même religion, jusqu'à ce que les terres vinssent à s'épuiser et que, tout grand labeur que l'on y donnât, plus rien n'en sortît de valeur. Mais le fait de sodomie, qui fut par la suite connu de science certaine, arriva jusqu'à Son Excellence Monseigneur l'Évêque Don Antoni Rafolls i del Pi, homme de grande sainteté et grande expérience, lequel intervint avec ses gens d'armes pour extirper le funeste péché commis en ces lieux. Saisis et mis à la question, femmes et hommes firent totale confession, avouant même que lesdites sodomies leur procuraient grand contentement. Les terres furent confisquées, les maisons et fabrique jetées à bas, l'argent retiré aux changeurs, et ainsi vint la fin des travaux dans ces mines en lesquelles plusieurs générations de ces juifs avaient œuvré à grand effort de leurs vies et comme bêtes de somme. Solitaires demeurèrent ces lieux et nul avis n'est venu que quiconque y fût jamais retourné, si fortes furent la vergogne et la crainte causées par l'attentat commis contre la loi naturelle telle que l'établissent les livres que rois et prophètes ont laissés écrits et que nous, chrétiens, appelons Sainte Bible. ”

» Voilà. Vous voyez comment et par quels détours les plus inattendus nous reviennent soudain des échos d’un passé que nous croyions aboli. Quand vous serez avec don Leopoldo et son épouse, racontez-leur cela et dites-leur, je vous prie, que je me souviens d’eux avec autant d’affection que de reconnaissance. Je vous ai dit que j’étais malade. Mais cela n’a rien à voir avec la fièvre qui m’a terrassé dans le motel de Yosip sur LaBrea Boulevard. Je pense que cette fois, ce sont les années qui commencent à compter davantage que je ne le voudrais, et l’humidité de Pollensa qui tenaille mes articulations comme le faisaient des pauvres juifs d’Axartel les sicaires de l’évêque Rafolls i del Pi dont, soit dit en passant, mon petit doigt me souffle qu’il devait avoir lui aussi quelque ancêtre dans les douze tribus.

» Bon. Vous aurez encore de mes nouvelles, pour peu que les dieux me le permettent. Si je sors de cet endroit et de ses ateliers fantômes, je vous ferai connaître ma résidence. En attendant, recevez le salut affectueux de votre vieil ami, Maqroll el Gaviero. »

Ainsi s'achevait la lettre qui avait parcouru la moitié du monde avant de me rejoindre à l'hôtel Métropole de Bruxelles. Depuis, je ne sais plus rien d'el Gaviero et quelque chose me dit que ces nouvelles seront les dernières que j'aurai reçues de lui. Jamais encore il ne m'avait parlé de maladies ni d'infirmités, et ses missives me donnaient toujours l'impression que des entreprises toutes neuves l'attendaient dans son errance sans trêve. Cette fois, c'est différent. Dans les derniers paragraphes de sa lettre j'entends comme un soupir en forme de point final, d'adieu sans retour, qui me remplit de chagrin.

Appendice

LES LECTURES D'EL GAVIERO

Il ne s'agit pas ici de faire passer el Gaviero pour quelqu'un qui accordait une importance particulière au monde de la littérature. Rien n'était plus étranger à son caractère et rien ne lui aurait semblé plus lointain et sans objet que semblable inclination. Mais il n'en était pas moins un lecteur acharné. Un infatigable dévoreur de livres tout au long de sa vie. Ce passe-temps exclusif, il ne s'y livrait pas pour des raisons littéraires, mais par besoin d'introduire un peu de diversion dans le rythme lancinant de ses bourlinguages et dans les fortunes diverses de ses navigations. Il n'est donc pas facile de suivre la piste de ses livres favoris, ceux qui l'accompagnaient en tous lieux. Je crois pourtant pouvoir en mentionner quelques-uns, soit que je les aie remarqués dans les multiples rencontres que nous a réservées le hasard, soit que je l'aie entendu les citer si fréquemment qu'il m'est aisé d'en déduire une vieille et fidèle fréquentation. En sollicitant ma mémoire, en relisant aussi d'anciennes lettres, j'ai donc réussi à rassembler les plus évidents.

Le livre que je lui ai toujours vu et qu'il gardait dans une poche de son caban de marin, c'est les *Mémoires* du cardinal de Retz. Il s'agissait, j'en suis sûr, de la belle édition imprimée en 1719 à Amsterdam par J. F. Bernard et H. de Sauzet, en quatre volumes. Maqroll en avait toujours un sur lui et les autres reposaient dans son éternel sac de voyage. La première fois que nous parlâmes du célèbre livre de Jean-François Paul de Gondi, archevêque de Paris et cardinal de Retz, nous nous trouvions à Baltimore. Nous avions trouvé par miracle un bar ouvert et nous y étions entrés pour fêter notre rencontre. Maqroll était venu acheter des pièces de rechange pour la drague qu'il exploitait sur le Saint-Laurent en association avec Abdul Bashur. Comme d'habitude, il comptait faire fortune, cette fois en travaillant pour la municipalité de Montréal. La drague aux œufs d'or succomba finalement d'une saisie, due aux retards dans le paiement de ses travaux, mésaventure elle-même imputable aux regrettables lenteurs bureaucratiques des Québécois que, depuis, Maqroll n'évoqua jamais sans acrimonie. Cette nuit-là, donc, pour étayer je ne sais quel argument concernant le crime en politique, el Gaviero sortit le tome des *Mémoires* du cardinal de Retz qu'il portait sur lui. Je crois qu'il s'agissait du quatrième. Je ne pus m'empêcher de lui demander comment pareil trésor de bibliophile lui était tombé entre les mains et s'il ne trouvait pas risqué de le promener ainsi par le vaste monde sans autres précautions. Il eut un sourire sibyllin pour répondre à la première question :

— Certaines amies, peu fréquentes hélas, veulent à tout prix que nous ne les oubliions pas et sont capables pour cela de se séparer de merveilles telles que celle-ci.

Il n'en dit pas davantage et revint au sujet qui nous occupait. Un peu plus tard, il s'interrompit brusquement pour m'assener la déclaration suivante :

— Les seuls livres que l'on perde sont ceux qui ne nous intéressent pas. Cet ouvrage du cardinal restera toujours avec moi. C'est le livre le plus intelligent qui ait jamais été écrit.

Je dus laisser percer mon étonnement d'un jugement aussi définitif, car il reprit immédiatement :

— Personne n'a jamais menti avec une telle lucidité pour se défendre devant l'Histoire et, en même temps, relater les intrigues les plus dévergondées et les plus dangereuses avec une clarté et une distance dont Thucydide eût été jaloux. Quelle leçon que celle de Mgr de Gondi, archevêque de Paris, plongé jusqu'au cou dans les conspirations délirantes de la Fronde qui ont failli aboutir au naufrage de la France et de l'auguste descendance des Capétiens.

Un autre livre que je l'ai régulièrement entendu citer comme un de ses favoris de toujours, est les *Mémoires d'outre-tombe* de Chateaubriand. Il s'agissait de l'édition courante à couverture jaune des classiques

Garnier. Les volumes semblaient être sur le point de se débrocher d'un moment à l'autre. Son enthousiasme pour la prose du vicomte était un thème de prédilection quand ses libations atteignaient la marée haute. Une nuit, à Bizerte, dans un bistrot du port, il m'a récité presque en entier la scène de la rencontre à Cordoue de René avec Nathalie de Noailles. Le passage terminé, il n'a fait aucun commentaire. C'était inutile. L'exaltation que suscitait en lui la prose ondulante et royale du vicomte éclatait sur son visage.

On sait, grâce aux allusions de ses lettres et aux récits qu'il a faits de vive voix, que l'œuvre d'Emile Gabory sur les guerres de Vendée fut l'une de ses lectures les plus assidues. Dans la mine d'Amirbar et, bien des années plus tard, durant ses navigations en compagnie du capitaine Olrik sur les rives australes du Pacifique, le livre de Gabory fut son inséparable compagnon. J'introduirai ici, en relation avec cette lecture d'el Gaviero, une anecdote qui m'a été rapportée par le peintre Alejandro Obregón. Une nuit, à Vancouver, Alejandro et

Maqroll échouèrent au poste de police à la suite d'une rixe phénoménale dans un bouge où ils avaient été pris à partie par une poignée de Chinois qui se prétendaient offensés par quelques mots d'el Gaviero prononcés sur un ton qu'ils estimaient insultant. Quand le policier de garde qui rédigeait le procès-verbal demanda à Maqroll de décliner sa profession, celui-ci répondit avec hauteur, dans son anglais laborieux teinté d'accent levantin : « Je suis un chouan égaré dans le xxe siècle. » Il n'en dit pas davantage, et cette saillie lui coûta vingt-quatre heures de prison.

Enfin, le livre qui permettait à Maqroll de sortir le plus efficacement de ses idées noires aux heures de découragement, quand tout semblait conspirer contre lui, est celui qui réunit les lettres et Mémoires du prince de Ligne, dans une belle édition imprimée à Bruxelles en 1865. Sur le grand aristocrate belge, el Gaviero était tout simplement intarissable. Un jour que nous nous étions retrouvés à Anvers, chacun pour des raisons aussi opposées que difficiles à exposer, nous dûmes nous réfugier dans un restaurant flamand. Une mêlée générale entre Wallons et Flamands avait éclaté et la police cognait équitablement, sans perdre de temps à s'informer de la nationalité des victimes et à leur demander leurs papiers. Devant un majestueux *water-zooi* de saumon que nous avions commandé pour refaire nos forces, el Gaviero prononça cette harangue :

— Je ne sais pas si les Belges forment un pays ou s'ils ne sont qu'un cauchemar diabolique de Talleyrand. Mais ce dont je suis sûr, c'est qu'ils peuvent toujours compter sur ma sympathie sans limites, parce que c'est chez eux qu'est né l'exemple le plus accompli de grand seigneur que l'Europe ait donné : le prince de Ligne. Son enterrement à Vienne, le 13 décembre 1814 en plein congrès, fut suivi par les empereurs, les rois, les ministres et les grands noms de la noblesse européenne. Ils accompagnaient à sa dernière demeure le parfait *honnête homme* de l'Ancien Régime, l'une des rares époques de l'Histoire à laquelle il eût valu la peine de vivre.

Pour conclure ces souvenirs sur les lectures de notre ami el Gaviero, je crois que la thèse que je l'ai entendu soutenir un jour en attendant le train à la *Stazione* Termini de Naples mérite de figurer ici. Maqroll avait avec lui un roman de Simenon, *L'Ecluse n°1* si ma mémoire est bonne. Quand j'avisai le livre, dans le café où nous essayions de nous faire servir en affichant un optimisme confinant à l'ignorance la plus incurable, il me dit avec un naturel déconcertant :

— Il est le meilleur romancier de la langue française depuis Balzac.

Je ne pus m'empêcher de lui rappeler que je l'avais entendu dire à peu près la même chose de Céline.

— Non, me répondit-il sans s'émouvoir. Céline est le meilleur écrivain de France depuis Chateaubriand. Mais le meilleur romancier, c'est Simenon. Et croyez bien qu'en mentionnant Balzac, je laisse de côté certaines réserves concernant son détestable français.

C'est là l'une des très rares opinions littéraires que je l'ai entendu donner au cours de toutes ces années d'amitié.

Je crois que ces indications concernant Maqroll el Gaviero lecteur complètent utilement le portrait de mon ami que je me suis proposé de léguer à une postérité, hélas, bien aléatoire, puisqu'elle est fonction de l'audience que peuvent recueillir mes livres consacrés à ses entreprises et tribulations.

Aubin Imprimeur
LIGUGÉ, POITIERS

Achevé d'imprimer en août 1992
N° d'édition 8921 / N° d'impression L 40907
Dépôt légal septembre 1992
Imprimé en France

ISBN 2.246.44601.5